水木书香

# 羞于称博士

张建伟·著

清華大學出版社
北京

图书在版编目（CIP）数据

羞于称博士/张建伟著. --北京：清华大学出版社，2016
（水木书香）
ISBN 978-7-302-43978-3

Ⅰ. ①羞…　Ⅱ. ①张…　Ⅲ. ①法学—文集　Ⅳ. ①D90-53

中国版本图书馆 CIP 数据核字（2016）第 120863 号

责任编辑：刘　晶
封面设计：谢元明
责任校对：王荣静
责任印制：杨　艳

出版发行：清华大学出版社
　　网　　址：http://www.tup.com.cn，http://www.wqbook.com
　　地　　址：北京清华大学学研大厦 A 座　　邮　　编：100084
　　社 总 机：010-62770175　　邮　　购：010-62786544
　　投稿与读者服务：010-62776969，c-service@tup.tsinghua.edu.cn
　　质 量 反 馈：010-62772015，zhiliang@tup.tsinghua.edu.cn
印 装 者：三河市金元印装有限公司
经　　销：全国新华书店
开　　本：140mm×190mm　　印张：10.5　　字　数：191 千字
版　　次：2016 年 9 月第 1 版　　印　次：2016 年 9 月第 1 次印刷
定　　价：39.80 元

产品编号：066069-01

仅仅有真理感还不够,他还必须予以阐明、检验和澄清,而这正是学者的任务。

——[德]约翰·戈特利布·费希特

最好是讲真话。有病治病;无病就不要吃药。

——巴金

# 序　言

忧伤抚剑，寂寞写诗。

我不忧伤，就是忧伤也不会去抚剑。没剑可抚，利剑是国家管制物品，抚不得；不管制的，是没开刃，晨练时用的，抚起来没劲。

寂寞时，真会写诗，"非典"时期就非常寂寞，写了几首诗拿去发表，发表在报纸上。

说到报纸，真的要感谢它，感谢它有块地方载我写的东西。就像宋押司感谢一段粉墙，喝醉了酒在上面涂鸦，也算发表。我比宋押司强，不用去墙上抒发感情，而且有编辑替我把关，不至于酒后发狂乱讲话，招来祸端。报纸的读者比墙壁的读者多一些，识字率也更高一些。墙壁的读者只要认识"是大王八"就可以了，至于"是大王八"前面写的谁的名字都无所谓，只要不是自己的。

生活有时候真是美好。一整天我都在这么想。看看蓝天，看看云卷云舒，读读纳兰词，读读"莫把韶华细算，九十今犹未半"，就跟着吴藻（是位女词人）一起高兴。

这种欣快感很少落在纸面上。古人笔下"却看妻子愁何在，漫卷诗书喜欲狂"的句子很少，多的是"欲哭不成还强笑，讳愁无奈学忘情"的牢骚，读多了，快乐的情绪就会随之烟消云散。

其实，生活与诗无关，或者准确地说，是生活的大部分时间里的大部分事与诗无关。谓予不信，试想：你正在家里怡然自得地品茗，随便捉来一份报纸，看到那上面披露，某家饭馆提供的免费茶水重金属超标，有的还是着色翻新的陈茶，喝多了便致癌，你还怡然得起来乎？

于是喜欢读杂文，越犀利越尖锐，就越喜欢，经常寻找那些痛快淋漓的读。许多年前读鲁迅，连呼吸都畅快，仿佛刚劫完法场凯旋而归的李逵。可惜，现在、如今、眼前让人感到痛快淋漓的文章还是太少，溽热的下午，只当喝了八钱杯的冰镇饮料消暑，哪里会有满足感？自己又写不出那么犀利、尖锐的文章，就是写出来，有地方发表乎哉？就是发表了，有不惹得有人咬牙切齿、憋着劲暗算的乎哉？一想到这里，怎能不英雄气短、望峰息心？

我有时候也写点随笔什么的，写得不好，写着玩。承蒙几个谦和、热情的编辑的关照，大部分都发表在《检察日报》上，与这份发行量不小的报纸就这样结下了缘分（至于它怎么能发行量那么大，顺便窥见了秘密，打算以后万一落魄了，把这秘密拿出去换钱）。最初写这些东西，源于徐建波先生的千金一诺，他说："你就照着这个路子写，在检察报上开个专栏。”当时刚在报上发表一篇题为《存心笃厚疑罪从无》的小文章，虽然文章写得不怎么样，大概徐先生看出作者是有潜力的——我那时候似乎比现在年轻。于是就开始写起来，三天打鱼两天晒网，数量不多，有点辜负徐先生的盛情、美意。写来写去，也写了有如小学生作业簿那么一小本，汇编起来也许能找个出版社给出版，至于赔不赔本，就不得而知了。哈哈，想起这就有点高兴。

“我是真葡萄树，我父亲是园丁。所有属于我而不结果实的枝子，他就剪掉；能结果实的枝子，他就修剪，使他结更多的果实。”说这话的是耶稣。我有时想，报纸、出版社也是真葡萄树，编辑们所做的，就是嫁接、修剪，让能结果实的枝子结更多的果实。

一想到这里，肃然起敬，赶紧把玩笑话通通收回。

# 目　录

## 第一辑　学术的墓园

## 第二辑　烂苹果落到头上



## 第三辑　一眼望到对岸

## 第四辑 颠倒再颠倒

## 附辑　小楼台集

## 第五辑　瓜棚豆架答客问



## 第六辑　说三道四　七嘴八舌

## 第七辑　瞄一眼文化万花筒

# 第一辑

# 学术的墓园

补花，打蜡，脸儿丑妆要化。
学人来往乱如麻，全仗哈佛耶鲁抬声价。
同侪听了敬服，学生听了好怕，哪里去辨什么真共假。
惊扰了教育大咖，惊动了学阀。
直吹的肚涨牛皮大。

# 学术恐龙

将“学术”一词分解为“学”与“术”，并非蓄谋已久，只因偶与若干学者接触，有所感焉才生此异想。

学者与学问的关系，正如货主与货物的关系。所谓“学者”，乃学术上有成就之人也。“学术”一词，曾一度指科学上一定的方式或者研究学问的方法，现在一般指有系统的、较专门的学问。其中的“学”，学问、知识之谓也；“术”也者，技艺也，推行的方法也，《人物志》云：“思想造化，策谋奇妙，是为‘术家’。”

将“学术”肢解，含有一个阴谋，就是想既明察学者的学问、知识，又偷窥学者的技艺、推行的方法。

先看学者之学。学者的学问有两种，记忆之学与发现之学。不少学者，读书多，腹中记忆的知识如潮汹涌，遂有资格领有“话语霸权”，应了培根所说的“知识就是力量”(Knowledge is power)的话。痞子王朔将此类美妙学人称为“知道分子”。早有明眼人指出，Knowledge 的意思是“知道”“知情”，只要知情，就能获得慑服别人的力量。读中国书，固然知情多多，但毕竟难以垄断“真理”，不如熟谙外语，直接从国外趸进知识，以供自己驱策。上焉者，不敢掠人之美，言必注明出处，“罗尔斯”“哈贝马斯”“福科”……一个一个祭起，供人凭吊；下焉者，将外国理论研究成果，挂自己的名字向国人出售，久而久之，自己也以为源出于己，半夜醒来，对自己不禁起敬起畏。王朔曰：分辨知道分子的标准之一，即“好提自己念过多少年书的；死吹自己老师和老老师的；爱在文章里提他不认识的人他刚看过的书的”。

1965年5月21日《时代》周刊猛戳学者痛脚，竟说：“得到博士学位的人早已不足看作是知识分子，即令是大学教授也不一定就是知识分子。至于科学家，只有在有限制的条件下才算是知识分子。”知识分子不止是一个读书多的人，他的心灵必须有独立精神和原创能力，必须是他所在社会的批评者，也是现有价值的反对者，此乃苏格拉底式的任务。不能如此，“即令读书再多，也不过是一个活书柜而已”。这种富有原创力，腹中充满发现之学的学者，才是真学者，然而举目滔滔，汹涌而来的学者符合这一标准的，孔乙己曰：“多乎哉？不多也。”鲁迅曾言北平学者多无“学”，然而架子端得十足，以为架子乃学者的必备要素也，他们若多活若干年，读了《时代》周刊给知识分子所下定义，亦知气馁耶？

再看看学者之术。当今社会乃名人社会，学者之术专在于怎样把自己推为名学者。名者何用？名利往往不分，人一旦出名之后，利就会像肥猪拱上门来，故求名与逐利本是一家，不可分开。学者成名之术主要有：

一是与权力结合，是成名捷径。港台学人将 knowledge is power 一语译为“知识就是权力”，居心叵测地说，在中国，权大真理多，颠倒过来，“权力就是知识”。学者有了权力、地位，很快博得学术声望。掌握一定权力，专著也容易出了，枪手也容易找了，教授也容易评上了，博士生也可以导了。其乐也融融，其情也泄泄。

二是如不能掌握权柄，可以多奔走权门，成为机关论证会上的常客，以被权力“御用”为荣。做一个“自去自来梁上燕”，不如“飞来飞去宰相衙”。谓予不信，请看学者撰简历和手上的名片。

三是讲课、讲演也容易弄得名声大噪，奥妙被一位年轻教授一语道破：“吾人写文著述，尚知谨慎；讲课、讲演嘛，为了吸引听众，耸动视听，给人深刻印象，固不能不言辞偏激也！”于是乎，在讲台上，学者激情慷慨，耸动视听，始终保持“愤青”状态。听众被震得晕乎乎兼乎晕晕，不会理性思考只会掌声如雷矣！

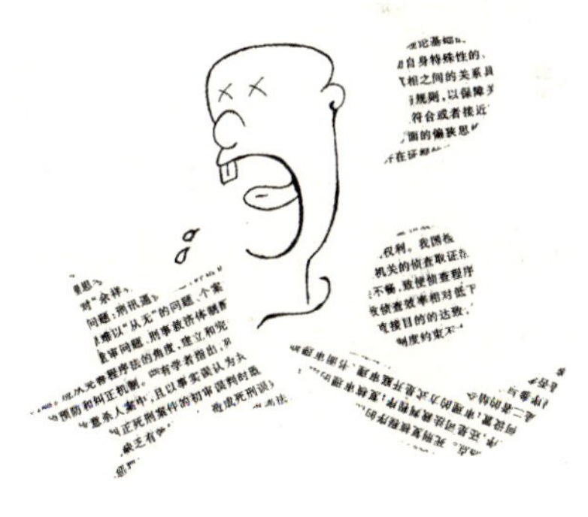

中青年学者“愤青化”是

法学界一大景观

BY J. CHANG

四是学问不易为，笔下常苦贫，干脆创新语言。文章既无新意，就在语言改造上下点功夫吧，于是刑法基本概念不叫“刑法基本概念”改称“刑法粒子”、遗传不叫“遗传”该叫“基因传递”……当人人皆识破此一障眼法时，吾已“教授”“博导”有年矣。

五是热结大众传媒。大众传媒与学者，互有所需。学者应尽快傍上大众传媒，最好经常在电视上露脸，成为频频“出镜”常常“触电”的电视明星（邻居五岁小女曰“演电视的”），苟能如此，想不成名，岂可得乎？

六是挂名出成果。自己写不出或者不暇写，乃挂名于他人著述之上。虽然笔底荒疏，名字却硬是频繁见诸印刷品，慕名递佩服书者，络绎于途也。

学者之术，当然不限于这些。盖学者皆聪明盖世，无不思想造化、策谋奇妙，其术之多，令人眼花缭乱。以不佞之愚，哪能尽窥堂奥？他人“习武”，我自偷窥，内心忐忑，恐人洞见，岂敢逗留太久？偶有所得，赶紧远离学术圈，吸一口新鲜空气，飞抵陋室睡觉了也。

梦里梦见，柏杨吟道：“名声像影子，有时比本人要大。”

# “刑法粒子”有感

西红柿与白糖皆习见之物。将西红柿洗净切片或者切块，覆以白糖，入口酸甜，是极普通的家常菜肴。我友某君，系见多识广之辈；腹中常进山珍、入海味，亦见多识广之腹也。一日赴高堂豪宴，见菜单上有“火山下雪”一道菜，为平生所未识，大喜，点之。端上来一看，却是“糖拌西红柿”也，不觉大噱。

笔者闻此会心微笑。想起鲁迅《谈皇帝》一文，说到浙江民间对付皇帝的“愚君政策”，方法是：“一年到头给他(皇帝)吃菠菜，一要就有，毫不为难。但是倘说是菠菜，他又要生气的，因为这是便宜货。所以大家对他就不称为菠菜，另外起一个名字，叫做‘红嘴绿鹦哥’。”这“红嘴绿鹦哥”与“火山下雪”真有异曲同工之妙。当年读书至此，很钦佩乡民的巧智。毕竟，菠菜与西红柿都是便宜货，绝非罕见之物，罕见的是这奇巧的命名。

这种“火山下雪”式的命名法，在商界正逢其盛。商家不在商品的品种、制作工艺上下功夫，而绞尽脑汁地在汉字上搞花样，意在用语言制造出商品新、奇、特的幻象，使甘愿迷失于这种幻象的顾客一个个囊空如洗。语言的奇效不可小觑，故而商家个个乐此不疲。

法学到底“幼稚”，近十几年来才渐兴词语操作之风。不久前读了若干学术文章，乍看真觉深奥莫测，令人诚惶诚恐，多读几遍才窥见端倪：原来是经过词语的刻意装饰而貌似深奥而已。这些词语操作的产儿，不求内容新，只求语言新，其词语操作的方法主要有：一曰借用名词，即借用其他学科的名词以取代本学科常用词汇，如将“冲突”称为“碰撞”，将“继承”称为“基因传递”，等等。一曰欧化句法，即摒弃老妪皆懂的表述方法而不用，专门模仿生涩的翻译语言，一句浅白的话偏要弄得峰回路转，让人难解其意。一曰变换视角，即套用伦理学、哲学、社会学等学科中的一点皮毛，重新诠释法学中老生常谈的问题，不求从新角度开拓新境界，只求用新涂料粉刷旧墙壁，因而诠

我们的法律和法学还很稚嫩，需要精心呵护



BY J. CHANG

释便成了改写。凡此种种，虽然成果不断推出，语言醒人耳目，但只不过造成了学术繁荣的幻象，培养出浮华不实的学风。正如端上来的虽然叫“火山下雪”“红嘴绿鹦哥”，但红溅唇齿，吃到的仍是糖拌西红柿；绿液翻波，看到的还是滚动的菠菜汤。

祈愿学术界：少些单纯的词语操作，多些踏实的学术研究。

阿兰·佩雷菲特的《论经济“奇迹”——法兰西学院教程》记载：1856年美国舰船到日本，美国人惊异地看到，“美国舰艇和舰艇上安装的所有设备都是日本人系统研究的对象，所有物品都吸引着他们：他们从未见过的机器零件，不曾熟悉的布匹。日本官员们参观了舰艇的每个角落，审视船上的所有设备，他们并不满足于观看，还做了笔记，画了草图”。

佩雷菲特评论说：“西方投向日本的目光与另一个目光相遇：这是希望的目光、好奇的目光、准备接受教育的目光，尤其是对日本社会能力充满信心和吸收别人经验的目光。”许多人认为，日本人是善于模仿的，这种模仿是竞争性的模仿、创造性的模仿、有选择的模仿。“日本人没有模仿所有的体制，也没有全盘照搬一种体制。吸引他们的是这种体制是否有助于他们取得成功。”“日本对于西方供给他们的各种模式的比较优势特别敏锐。因此，他们没有选择一个国家作为模式，而是根据他们从不同社会中借鉴的新颖特点，构建本国现代社会的图景。”

日本的这一优点，值得我们效法。柏杨先生赞曰：“日本人吸收外国文化，吸收的是精华。——注意一件事情，当八世纪他们‘大化革新’，全盘接受中国文化时，事无巨细，照单全收，却扬弃了中国人最自豪的科举制度，这真是绝顶聪明，使他们免去了由于科举制度而产生出来的‘官场’浩劫。”这是他们善于模仿的又一表现。相比之下，“中国人吸收外国文化，吸收的只是洋大人身上的汗珠，用舌头舔那么一舔，就心花怒放，傲视群伦”。怎不叫人哀叹！

我们也在朝圣似的向往西方，但与日本人不同，与当年彼得大帝不同，与唐三藏不同。

许多学者、官员频繁出入国境，名义上是出国考察，实则大抵以公费旅游观光为第一要务，没有多少人像日本人对美国舰艇那样，精细观察和了解对方的制度，以便进行竞争性、创造性模仿。我们每年都有许多前往西方世界的“朝圣团”，国际机场送往迎来，热闹非凡。他们前往的总是那些旅游热点城市，去的老是那么几个本国“朝圣团”常去的机构，问的常是一拨又一拨本国“朝圣团员”问了不

朝圣团

知多少次的重复问题，诸如诉讼法学术“朝圣团”问来问去不过就（总）是那些老掉牙的问题，什么（对方的）证据开示制度啦、沉默权啦，因为重复多了早已经成为ABC的浅薄问题。问过之后，大功告成，回来便算是出国考察完毕交差了账，但对西方走马观花一番之后，对被考察者的文化精髓仍然懵懵懂懂，对于中国真正该学什么照样茫然无知，这样的考察对于中国的制度革新究竟能起多大作用，令人满腹狐疑。

其实，现在资讯发达，交流方式很多，早已不是唐三藏时代，不到西土跑一趟也能得到真经。我们对于外国制度的了解，不一定都要玉趾亲践欧陆英岛，眉梢亲沾日风美雨。将国外的著作拿来，真的下点功夫，那收获比一干人奔波泰晤士河边、自由神脚下要大得多。实际上，在西方走马观花得到的点滴斑驳印象，在各大图书馆、学术机构的资料室一查就有，而且内容更准确、翔实，何苦让那些昂贵的图书资料暗地生尘而不屈尊一阅？

不是所有项目都需要出国考察，哪些需要实地考察，应当仔细斟酌，以重实效。我们的许多考察项目，根本没有实地考察的必要。例如，连“不能剽窃”之类的学术规范也要到美国哈佛大学取经，就实在令人不知该苦笑、冷嘲还是怒骂。

柏杨写过一本小说，名为《古国怪遇记》，便是讽刺这类朝圣现象，里面写的那个乌合之众的“朝圣团”，夸张得可笑，但读罢举目，看书中描写的那类“朝圣团”正摩肩接踵、奔波于途。

我国学者主张移植国外某一制度时，往往赞其一点，不计其余，造成的印象是，外国的制度完美无瑕，拿来用就是；对于这样完美的制度，外国人当然是观点一致，衷心拥护，没有什么异议的。其实不然：

在美国司法史上，六十年代值得大书特书。厄尔·沃伦担任首席法官的美国联邦最高法院，通过一系列具有里程碑意义的判决，在民权保障方面成就斐然。当时，刑事被告人的权利保障成为法院主要关心的问题之一，最高法院通过马普诉俄亥俄州案件(1961年)、吉德恩诉万瑞得案件(1963年)、马洛诉霍根案件(1964年)的判决，将非法证据排除规则、获得律师帮助的权利和反对强迫自我归罪的特权施行于各州。在厄尔·沃伦法院判决的案件中，最有名的是米兰达案件。1966年6月13日，联邦最高法院以5票对4票确认“在审问任何人之前，必须告知他有保持沉默的权利”，由此确立起著名的“米兰达规则”。这类判决在刑事诉讼中强化了公民权利和个人自由的观点，人们称厄尔·沃伦的最高法院掀起了一场“正当程序革命”。

不过，厄尔·沃伦的最高法院作出的判决不是没有争议的，相反，它们往往使国家陷入激烈的论战。米兰达规则确立之初，美国的警察认为这一规则限制了侦查犯罪的能力，拒绝执行，及至数百件案件因此被法院判决无罪之后，这一僵局才以警察让步收场。对于排除规则，争议同样很大。排除规则要求在刑事控诉中排除那些由警察以侵犯一个人宪法权利的方法获取并用以控诉该人的任何证据。这项规则一直是人们批评和试图加以改革的对象，人们认为法院在遏制犯罪方面软弱无力，这些规则在制止警察违法方面也缺乏实效。对排除规则的批评和改革的尝试，导致沃伦·伯格主持的最高法院对若干保障被告人权利的判例附加了多项例外规定。

此外，许多人认为对被告人的过分保护忽视了被害人的保护，作为一种反动，人们在六十年代末兴起了被害者保护运动。

政治家们也涉入了这场争论，厄尔·沃伦是1953年由艾森豪威尔总统提名选任为最高法院首席法官的，选中他的原因是认为他抱有“中间道路哲学”，后来艾森豪威尔说这个任命是“我犯过的最愚蠢的错误”。尼克松在竞选总统之时，抨击厄尔·沃伦和他主持的最高法院；他就任总统后提名沃伦·伯格继任辞职的厄尔·沃伦，原因是沃伦·伯格有着保守的政治观点，沃伦·伯格在1967年对刑事审判总是拖得太长而且被许多上诉、复审以及各级法院想出来的对被告人的程序性保护所牵扯进行了直率的批评，他说这使正派的人感到愤怒、沮丧和苦恼，罪犯反而受到鼓励。

可见，一项制度的存在往往不是建立在舆论一律的基础上的。

对于任何一个制度，好也罢，歹也罢，总该全面了解然后作出评价；要“拿来”，是要“运用脑髓，放出眼光”的。外国人对于本国制度的批评不少，有些批评观点颇有研究价值。我们的学者在主张移植外国某一制度时，不重视对外国相反观点的研究和介绍，结果是对外国的某些制度普遍缺乏精密研究，有时将个人的错觉当成了事实，很容易走入自己编织的幻境，最后不免跌破眼镜。

蒲松龄写有一篇题为《西僧》的短文，收在《聊斋志异》中，说的是：西僧自西域来，历尽艰险，到达之后，立即奔向五台山、泰山，登临后对中国人谈道：“西土传中国名山四，一泰山，一华山，一五台，一落伽也。相传山上遍地皆黄金，观音、文殊犹生，能至其处，则身便是佛，长生不死。”蒲松龄叹道：听他说这番话，正与世人之仰慕西土一样。“倘有西游人与东渡者中途相值，各述所有，当必相视失笑，两免跋涉矣。”

现在进行法律文化交流，“跋涉”是免不了的。西僧虽受错误诱导，毕竟一到便知端的。对于制度，虽不能名山一登，便知虚实，但只要潜下心来全面了解，“山上遍地皆黄金”的虚妄幻觉就不那么容易产生了。

不少外国法学者到中国讲学，很想知道中国的法律人希望从他那里了解些什么。有些问题，如沉默权、排除规则，实在是讲了又讲，了无新意。有时我私下里想，中国的法律人何妨多了解一点外国司法走过的弯路，及其本国人对某些制度的批评，以便在借鉴时综合考虑、有所权衡，避免重蹈覆辙呢？

# 依样葫芦画不得

辜鸿铭是一个多少有点古怪的老头。有一次漂洋过海，坐在船上优哉游哉，倒拿一份英文报纸在读，洋人见了诧异，以为他不懂英文闹了笑话，用英语嘲笑他，以为他听不懂，没想到辜鸿铭用英文徐徐开口道："英文这玩意儿实在太简单，不倒着看还真没意思。"奇妙的是，这老头在西方文化里浸淫得久了，英文顶呱呱，对西方文化了如指掌，然而归国后却一头栽进中华文化，对本国传统倾心不已，换上长袍，留了辫子，甚而至于赞美小脚，这和只了解西方社会一点皮毛，却对西方膜拜得狂热而虔诚的人，恰成对比。

美国人艾恺著有《世界范围内的反现代化思潮——论文化守成主义》一书，书中列举中国对现代化批评的代表人物，首推辜鸿铭，云："古怪的辜鸿铭恐怕可算是中国最彻底的在文化上反动的批判者。表面上，辜在其文化哲学上与甘地相当接近，如甘地一样，他宣称他的文化中的任何东西都有价值，应当保存——他有时会特别指出如缠足、蓄妾、文盲、留辫子一类事情。"值得玩味的是，"文化上，

（无疑地思想上）辜是个西方人，全部的教育和大部分的‘涵化’都在西方的欧洲。因此，很讽刺地，这个中华文化的坚强守护者从未学好中文，而他的英文则无懈可击。”

在中国亟须现代化的时候，主张借鉴西方文化的人们，一定会想：像辜鸿铭这样的保守主义者（他们被称为“老顽固”）究竟有什么用呢？甚至还有人刻毒地认为：要顺利地实现现代化，必须从肉体上消灭他们，以清除前进道路上的障碍。

其实，一个国家的现代化是不能割断自身的文化脐带的，现代化也无法做到脱胎换骨，涅槃重生也是不可能的。历来主张改革者都很心急，恨不得今天改革，明天就克隆成西方社会那样，结果欲速则不达，反而遗祸不小，失败了又另谋出路，反而使现代化的进程不能顺利展开。现代化过程会对既有文化产生震荡和冲击，要是没有一些人从文化守成主义的角度留神、痛惜和吁求，新文化引入对旧文化的破坏、糟蹋，造成的可能是整个人类文明的损失。

当然，像辜鸿铭那样赞美小脚，认为小脚属于国粹，丢弃不得，未免保守得不辨良莠。不过，人们不能不提醒自己的是，一个将小脚视为国粹的人，其某些观点也不是没有值得倾听的价值的，事实上，在文化多元主义的社会，最激进的观点和最保守的观点都有存在的价值，学术自由就是建立在对这种价值的正确体认上。

我读辜鸿铭的著作，对他下面一段话深有同感，他指出：“为学者，只求当其然，而不求其所以然，所谓依样葫芦画葫芦者是也。犹忆中国乾嘉间，初驰海禁，有一西人身服之衣敝，当时又无西人为衣匠者，无已，招华成衣至，问：‘汝能制西式衣否？’成衣曰：‘有样式即可以代办。’西人检旧衣付之，成衣领去，越数日，将新制衣送来，西人展视，剪制一切均无差，惟衣背后剪去一块，复又补缀一块，西人骇然问故，成衣答曰：‘我是照你的式样做耳。’今中国锐意图新，事事效法西人，不求其所以然，而但行其所以然，与此西人所雇之成衣又何以异欤？噫！”这段话不是至今仍有警醒意义吗？

我国司法改革的主张者，常如这成衣匠，既仿西式衣服加以剪裁，却又不辨衣服上的补丁是不必学的。例如辩诉交易本来是英美对抗制诉讼这一西装上打的补丁，并非是西装的必要部分或者有审美价值的饰物。美国联邦最高法院在20世纪70年代以判例认可这一暗中存在几十年的做法，实有其不得不如此的苦衷，对抗制靡费金钱和低效率造成大量案件拥堵在法院，如果不认可这种速决程序，法院会被汹涌而来的案件淹没。国人不察，把这一制度看作是时代的进步和诉讼发展的潮流，热情十足地加以引进，难免重受辜鸿铭之讥：“中国锐意图新，事事效法西人，不求其所以然，而但行其所以然，与此西人所雇之成衣又何以异欤？”

有时闲看学者与司法实务部门热议司法改革，情绪饱满激昂者所在多是，心中暗想：在这种场合，辜鸿铭一类保守主义者恐怕难以安然厕身其中，他们的主张正像当年主张保护好北京旧城的梁思成等人一样，是不受欢迎的。不过，在大家的主张都很激进都很亢奋的时候，听一听文化守成主义者的保守之论，也许正可以给狂热的头脑抹上一点清凉油，让正要飞腾翻滚的改革之马跑得更安全更平稳些，未尝不是一件好事。梁任公云："吾所患不在守旧，而患无真能守旧者。真能守旧者何？即吾所谓淬历其固有而已。"

# 羞于称博士

与人欢饮。入席时初次谋面的人照例被隆重介绍。介绍到我时，说："这是政法大学的博士。"对面立即有人热情响应，端起酒杯，做敬羡不已状。

听到"博士"两个字，忽然感到一丝气馁，觉得这两个字颇为羞辱。

在中国，博士早已车载斗量，何足道哉。何况，虽有博士头衔，谁敢扪心自问"我确是'博士'吗"？

当初站在校长面前，看他将我的博士帽穗从一侧移至另一侧，也曾生发出一种喜悦感。如今细细想来，却隐约感到不安。

我时时想，如果在别的国家，我能够同样拿到博士学位吗？

曾经读过一本书，书中提到"日本人对于学位，是相当慎重的。"这本书是1932年世界书局出版的李宗武编著的《日本生活》，书中第十章专述日本的博士问题和日本人的读书癖。李宗武云："日本人对于'博士'学位，是十二万分郑重。"日本的"博士"，读音为

“Hakase”，其含义与“doctor”并不等同。在日本，洋博士的 doctor 不准译为“博士”，只准译为“ドケトル”的读音，平常称人为“ドケトル”的时候，往往含有讥讽、漠视的意思，仿佛认为“金玉其外，败絮其中”。在日本要获得博士学位，须有学士资格，并向博士会提出论文，经博士会严格审查以后，加以决定。博士条件十分严格，浅薄者流，不易得此学位。“有提出论文至数十次以上而终于不得博士学位的。这并不是说论文次数提得多，学问便好了，不过说是对于‘博士学位’的郑重罢了。我们从来没听到未及三十岁的人，得过博士学位。从前曾经有过一位石原纯教授，是三十二岁便得理学博士的学位的，这事曾经传颂了全国，称为空前的美事。”李宗武提到东京高等师范学院的中村久四郎教授，他毕生研究历史，对于中国历史尤其擅长，有许多独到之处，“真可说是博学浩瀚，几乎没一个不钦佩的，已经是斑白老叟了。”他几次提交博士论文，在博士会上都没有通过。有一次初审通过，全年级学生祝贺，一起喊出 Omedeto(恭贺)，白发的中村教授皱纹深深的脸上也露出喜悦的神情，谦逊地说：“这也没有什么可贺，我这样老了。”几周后，报上公布博士会审查结果，这位老教授的博士学位申请仍然没有通过。此后他仍然夙兴夜寐地用他的苦功，后来才终于获得了博士学位(李宗武：《日本生活》)。日本的博士学位由文部大臣授予，曾分法学博士、医学博士、药学博士、工学博士、文学博士、理学博士、农学博士、林学博士、兽医学博士九种。日本法学博士清水澄解释云："依学位令，对于专攻某学科极其蕴奥者，所授之名誉彰表。分为法、工、理、文、医、药、农、林学博士及兽医学博士九种。此等学位，文部大臣上奏，敕裁以授之。"（清水澄：《法律经济辞典》）据说，现在日本的学位已经不像那时那样难以获得，但远不会稀松到白送的程度。旧时做法，到底令人难忘。

与日本相比，中国博士学位可谓易如反掌，唾手可得。

在短短几年时间里，各地高校增加了大量博士点和博士生导师，博士生数量迅猛增加。当年曼殊大师曾云："明末有童谣曰：'职方贱如狗，都督满街走。'"并感叹："不图今日沪上所见，亦复如是。"倘若曼殊大师还在世，如今想必该感叹"博士贱如狗，'博导'满街走"了。

有心人统计，2002年中国在校研究生人数达到49万人，其中博士生人数有12万多人，仅次于美国和德国。不过，数量多则多矣，质量是否也足以比拼呢？有人忍不住插进乌鸦嘴曰："论文抄袭、雇用论文枪手，使得博士的含金量已经大大降低。而大量在职官员读书，权、钱交易购买文凭的泛滥，我们有多少理由为中国博士数量的增

知识随着学位涨？

BY J. CHANG

加而高兴?”教育产业化成了教育资源商品化,教学关系成了文凭买卖关系。在文凭“大跃进”中,国内高校泛滥蔓延着权、钱交易,深府名校成为各地官员们趋之若鹜的地方;这些深府名校也乐于开门延客,它们唯权是拜,唯钱是图,一方净土早已是冠盖云集,铜臭四溢。抄袭剽窃的论文,东拼西凑的论文,马虎对付的论文,都被用来换取学位,一些博士学位的含金量几乎下降为零。这种状况惹得个别人跳着脚嚷嚷:“这还得了吗?这种交易得来的真文凭,比满大街流动贩卖的假文凭对社会的危害要大得多。”然而,谁能听得进去乎?

我很庆幸自己拿到了文凭,不必再为文凭厕身于“大跃进”的洪流。但想想日本人对学位的郑重,再看我手中制作还算精美的文凭,自问是否达到一个真正博士的水准——夜阑时,梦醒后,能不自感愧怍耶?



BY J. CHANG

# 我们需要那么多博士吗?

曾经戏言,再过五年,把王府井大街南北口一堵,挨个问,都是博士。

在凯歌高奏文凭"大跃进"当中,博士队伍迅速扩大,浩浩荡荡,集团成军,产出速度和规模堪比海啸。根据教育部2010年年底最新统计数据,2000年毕业博士1.1万人,到2009年已有4.9万人,一过头翻升近5倍;从招生人数看,2000年招收博士生2.5万人,2009年竟达到6.2万人,增长2.5倍。仅2009年,博士学位授予数就高达4.7万人、在学博士生24.6万人。几年以前,我国博士人数跃居世界第三位,次于美国和德国。如今超德越美,成为世界第一,俨然"中华人民博士国"矣。2010年研究生招生数目继续扩大,其中硕士研究生扩招5%、博士生扩招2.5%。这些数字,连海峡对岸都看得傻眼,台湾《旺报》10月26日转述美国德州理工大学来自中国大陆的教授蓝云之言,称与美国大学相比,大陆招收的博士生"人数多得不可想象":这在美国大学是不可思议的。像德州理工大学3万多人,一年毕业的研究生也才200名。

我曾问台湾大学法律学院教授，了解其博士生招生规模，得到的答案让我稍感惊讶。台湾大学法律学院每年拟招收博士生十人，但招考难度大，不但需要通过笔试，还要进行学术水准评估，以及口试，许多人知难而退，不敢问津，因此常常不能招满十人，一般招收五六人而已。在台湾大学读博士，颇不容易，需要满足严格条件才能毕业，比如至少要到外国留学九十天以上，还要发表特定数量的论文，毕业论文的水准要求很高，决不可能蒙混过关，因此从入学到毕业一般要经过六年到八年的时间。在台湾，一般有志于学术的才会报考博士，官场人士的博士比例不大，其中有些是学而优则仕，在学界成为知名教授、学者之后，被延请、任命为部会首长，如林山田教授、翁岳生教授、苏永钦教授等，或者自己投身政治，参加选战，马英九就属于这一类。为了仕途前程而到大学混一个博士学位的，即使有，恐怕也寥若晨星，与中国大陆的情形决不相侔。

中国大陆博士生数量庞大，这种只顾数量不顾质量的一味扩招，造成每年博士多则多矣，学术水平和品质却不见提升，甚至有所下降。以法学为例，本来博士论文需确立一个命题，但几乎所有论文都只有主题没有命题，在某一主题(如“反对强迫自证其罪”)之下，将主题涵盖的内容方方面面都写到，其中当然少不了外国资料和历史沿革的铺陈，篇章结构往往都是教科书体例，通读全文，字数不少，黑压压密麻麻，就是看不到有任何创见。这也就罢了，有人还会拿论文集似的博士论文去蒙取学位，题目十分空泛，内容浅陋可哂。即使这样的所谓博士论文，也都能顺利通过，答辩委员会都是友好委员构成的,即使交来的是一坨屎,也都能被评定为合格。

如今博士学位的取得确实容易,在校生三年准能抱得博士证书出门,在职生一般也能在四年以内胜利毕业。本来一些学校确定了取得博士学位应在一定规格的学术刊物上发表特定数量的论文,于是有门道的学生就去拉关系、肯出钱的就去买版面,一些学校见学生不容易达到毕业标准,就降低标准,放低门槛,于是乎智愚贤不肖,皆大欢喜,毕业时都可以跳着脚向空中扔方帽了。世上无难事,才滚锅冒泡似的涌现满坑满谷的博士。

博士之所以泛滥,原因在于我们忘记了博士生培养属于精英教育而不是大众教育,培养博士的目的主要是培养学术人才而不是各路豪杰。曾听一位留学日本的朋友谈起,他的导师田口守一教授担任教授已经三十年,只招收过四个博士生。换了中国,岂不让人笑掉大牙?我们往往忽略的一个常识是,博士文凭既不必要也不应该普及。这个社会实际需要的博士根本就不是每年要千取万,如今博士成群,每天在校园里到处施施而行,有时蜂拥而过,到了找工作的时候就难免要愁得眉直往下掉毛。不照顾社会需求胡招乱招,小则连一些自视甚高的学生也惊觉理想的工作已经没那么好找,大则使我们这个伟大祖国成为低劣文凭泛滥的大国。我们早晚有一天将不得不正视这样一个问题:我们真的需要那么多博士吗?

BY J. CHANG

## “逐出师门”到底伤害到什么

“逐出师门”，是旧小说或者古装电影里见到过或者听说过的事，《水浒传》里鲁智深醉打山门引致群情激愤，众僧要求将其赶出本寺，与之类似，当代却是难得一见的。

近来中国人民大学历史系孙家洲教授在网上发表公开信《为断绝本人与新招硕士生郝相赫的师生关系告各界朋友弟子的公开信》，表示与其指导的硕士生郝相赫断绝师生关系。这位教授不满他的学生发表对其同行阎步克教授、韩树德教授不恭的言论，辣手出招，十分劲爆。这件事，引起社会舆论热闹了一番，让这位教授和他要断绝师生关系的学生成为公众瞩目的对象，让人大开眼界。

按照孙教授的说法，人们可以描绘出这件事的大概轮廓：其弟子狂妄至极，出言不逊，“无端嘲讽”，诋毁前辈，为师屡次训诫不听，遂在恼怒之下，公开断绝师生关系。

看这则新闻之前，仅凭标题，以为这位学生犯有多么不可饶恕的罪过，惹得师尊如此不能隐忍，一下子扑到前台公开加以挞伐。人们也在思忖：在人们心目中，大学教授自然有着不错的涵养功夫，这位教授怒相十足，看来必有缘故——莫非这位学生品质低下，朽木难雕，冥顽不灵？

仔细看事件的来龙去脉，发现与预想的并不一样，这位教授怒目金刚，好像浑身是理，但事情究竟如何，却不能仅听一面之词。再看看这位学生的辩解，反倒入情入理，天下的理若是有一石，这位教授并非如其张扬的那样占了八斗，可能一斗都不占。不仅如此，其自我情绪管理能力似乎不高，对于这事的反应有过度之嫌，其气量、风度大有问题。

## 学生错了吗？

这位教授义形于色，自然是认为捏拿住学生的命门，占据了道德制高点。究竟是否如此，有必要深究一番。

原来，事情的真正起因是：郝相赫同学在自己的微信朋友圈转发一则评论北京大学历史系学者的文章，随后加以点评曰：“人大最大的失误就是不该从这个垃圾系引入大量的唐宋领域老师……如果不是跟北大历史系这个垃圾系合作而是跟南开或者北师大合作的话好太多。”不仅如此，这位同学还兴犹未尽地建议：“想考魏晋或唐朝的千万别来我校，去武大清华吧。”这种刺激、火爆的言论，显然让孙教授难以接受。

孙家洲教授提到：郝相赫同学自报到之时起，便在微信上频频发表攻击他人之言论，自己曾发信给他，好言相劝，希望他“处事平和”。当他发现郝同学竟然无端嘲讽阎、韩二位先生，感到忍无可忍，抑制不住“震怒”，基于“师生之交首重道义”，“学界自有学界的规矩与尊严”，非断绝与郝同学的师生关系不可。

据郝相赫学生讲，师断绝师生关系这一做法让他深感震惊。当初他读到李先生的一本书，为之叹服，想起另两位历史学教授，认为人大、北大教授魏晋南北朝的导师难望其项背，两相比较，对比强烈，遂生发感慨，忍不住将意见发表在微信朋友圈里，“我以前读过北大阎教授、人大韩老师的高作，并不十分佩服，于是就拿来比较，说后两者‘平庸’”。郝同学承认：“作为年轻人议论学者前辈当然有错，但其发言平台为微信朋友圈，唯一的好友学者、教授就是自己的导师孙家洲，自己并未公开批评北大、人大两位老师，而是以字母代替，对后者的学术地位和名誉无法撼动，而孙家洲老师在朋友圈发断绝师生公开信，导致其名誉受到很大伤害，还会毁掉自己读博的前程。”随后，郝同学对孙家洲和韩树德教授表示歉意，提到“刚入师门，就给导师孙家洲老师带来这么大的麻烦”，感到“自责和深深的歉意”，承认对阎步克教授的私人评论“是错误的，应予收回”，并恳请能给他一次改过的机会，使他“能够顺利地完成学业”。

这件事，引起社会舆论热闹非凡，为孙家洲教授始料未及。

对于孙家洲教授的做法，网络上并非一致认同。

人们会思考：郝相赫同学错了吗？如果错了，又错在哪里？

在孙家洲教授眼里，郝同学口出狂言，妄议师长，错在违背道义，不重师尊，违反了学界的规矩，冒犯了学界的尊严。揣摩孙教授的见识，对于师长，需要毕恭毕敬，起码在公开言论上要表示恭敬，即使对方著述的确属于“垃圾”，也不能公开揭露，这才符合学界的规矩，才是作为学生的本分。

对此，我的看法是：尊师重道，确属我国教育传统，温良恭俭让乃儒家文化之所重，以此观之，郝相赫同学对阎、韩二位先生的不恭言论，与这种精神确实存在一点距离。郝同学用“垃圾”一次来指称前辈学者的著作和著名高校的历史系，确实给人“狂妄”之感，与传统文化中学者应有的简重从容的态度有若干差异。对于后生小子的“无知狂妄”，作为指导教师，予以循循善诱，并无不可。不过，孙家洲以公开信形式表达对郝同学的不满，语含杀气要予以一刀两断，却折射了这位导师在指导教育上的无力，给人一种失败感。在这一点上，孙家洲教授虽然掌握主动，但并没有在舆论中赢得尊重和认同。

郝相赫同学不够稳重，不懂得世故，没有习得学界相处之道，这是事实。我认为郝相赫仅此而已，算不上有多少了不得的错误。相反，学界缺乏直率、犀利的学术批评，可能比这种不恭更为有害。以我的阅读体验来说，若有直言不讳指出前辈学人的学术不足，火药味十足的言论，实属难能可贵。郝同学在他的冒犯性言论中，坦率讲出自己的阅读体会，并不遮掩，即使言论幼稚、嚣张，前辈不予以鼓励也就罢了，又何必压制？要知道，年轻学者人格完整而不产生分裂，需要宽容的外在环境因素。孙家洲教授大概没有考虑到这一点。

孙家洲教授将郝相赫同学“逐出师门”，并不具有正当性。就郝相赫的行为来看，不过是臧否了一下个别历史学者和历史系的研究水准，措辞不够温良笃厚，算不上有多大过错，连白旗都不用打。假如郝相赫诋毁、诽谤、侮辱他人，例如其导师本人，指导教授要将其逐出师门，正当程序是向院系提出申请，院系同意更换导师，对学生作出妥善安排，为其安排新的导师，其导师信息内部更改。如果学生存在不端行为，需要予以处分，各校也有明确的程序，按照正当程序办理即可。天下断没有国立高校的教授在学生在学期间自行宣布断绝师生关系的规定，尽管孙家洲教授自称只是在自己弟子等小范围内宣布自己的决定，这一做法毕竟属于失格行为，倒是需要向受到伤害的郝相赫同学道歉才是。

郝同学的刺激言论，引出的是一个严肃的问题：在当下高校里断代史研究现状到底如何，这是值得追问和理性讨论的问题。既然郝同学在微信朋友圈提出这样的问题，不妨在同样的范围讨论，以澄清是非。作为导师，拨冗指点，对于引导学生客观、公允得出结论，并使其他人也从中受益，不是师门坏事，何必闻“过”则怒、龙颜不悦呢？

“逐出师门”的做法，显露出大学有必要建立调整师生关系、维护师生正当权益的重要机制——伦理委员会。国外一些大学建立大学伦理委员会，由其判断教师或者学生的某些行为是否恰当。我们既缺乏一套成熟的师生伦理规范，也缺乏判断师生行为是否符合伦理的机制，对于老师到底能不能把自己归类于私人教育中的先生，能否自己宣布断绝师生关系而不需要依据正当程序处理此事，以及在什么情况下才能解除师生指导关系，缺乏明确的说法，一切都处在朦朦胧胧之中；老师将弟子“逐出师门”的做法，自然也缺乏求助于这类伦理委员会加以救济的可能性。这一问题本身就是值得吾人引申讨论下去的。

## “逐出师门”伤害的是学术怀疑精神

俗语“初生牛犊不怕虎”，现在一些后生小子读书不多、识见有限，语出不逊，口出狂言，早已成为网络现象。熟悉网络言论特征的，对于那些极端言论是不会大惊小怪的。中国社会是熟人社会，在熟人圈子里，大家几乎都是乡愿之士，很难做到“我口说我心”；在社会控制感强化的场域，人们口说一套，内心想的可能是另一套，久而久之形成特有的人格分裂现象。这都是病，不是风景。

网络上狼奔豕突的言论，固然泥沙俱下，甚至侵害到一些人的名誉权、隐私权等合法权利，需要加以适当规范。但是，吾人不能不认识到，这种失控言论涉及学术著作部分，以及对于一些著名学者的评价，存在一种可贵的精神——对于权威的怀疑精神。

权威就是合法的权力。这里“合法”一词含有正当或者正确的意思。就一般意义上说，人们通常认可某些人有权用一定方式影响他人的行为。有些影响具有个人道德品质，罗素曾言：“人们服从权威的其他理由还包括习惯、权威人物的个人魅力、被群体认可的愿望以及个人利益，等等。人们虽然并不总是听从权威，但普遍承认应当服从权威，这就使权威具有合法性。”“于是权威就成为权力的有效形式。如果人们意识到应当遵照权威的愿望行事，就没有必要对其施加强迫，甚至无需说服工作。对权威来说，施加影响的代价就比较小了。”反过来看，就要付出更多的代价。

我不好断言孙家洲教授将郝相赫同学“逐出师门”根本原因在于这位学生藐视权威而使孙教授产生物伤其类的感觉，但其过度反应确实起到对于挑战权威的态度和行为进行压制的效果。郝相赫同学的言论，在令人不安、不爽的表达背后，涌动着不盲从权威、不迷信权威的意识。对于郝同学以“逐出师门”加以痛击，伤害的是对于权威的自主判断和学术研究中难得的独立思考的精神。这不仅使郝相赫感到受伤，恐怕在高校中也会产生一种寒蝉效应，让那些有自己的想法、有自主判断意识的后生小子缄口不敢言，从而造成学术精神的窒息。

这种状态及其危害，作为研究历史的学者孙家洲教授不应感到陌生，我国明代著名学者李卓吾先生以七十高龄下狱，用剃刀自刎，罪名就是离经叛道。对于儒家权威发起挑战，为当时社会所不容，使这位真正意义上的具有批判性的知识分子遭到被整肃的噩运。

我们从类似的例子看到的是喜欢服从权威的心理特征和不能容忍异见的权威人格。权威人格组成的社会，依靠对不服从行为的惩罚和威胁来建立秩序。我国缺乏健全的学术批评，原因就在于此。一旦进行学术批评，鲜有不转化为个人恩怨。如果晚生对前辈进行挑战，可能导致后者的压制和报复，最终一个你好我好大家好的乡愿社会就形成了。

这种不能容忍挑战权威的压制做法，造成的恶果只能是人才不振。年轻学子对于权威的挑战甚至藐视，来自他们的学术积极性和进取心，不好好保护这种批判精神，可能使得这些学生自我实现需求的满足感遭到破坏。这种自我实现的满足感来自对自己的天赋、能力、潜力等资质的充分开拓与利用。一个人有机会去自我实现，就会专心致力于他们认为重要的工作、任务、责任或职业，因为他们对工作存有真实的兴趣。过度的控制只会扼制一个人实现自我的动力，也就“谋杀”了促成独立学术探索的心理机制。

从这个意义上说，孙家洲教授将郝相赫同学“逐出师门”做法的危害性，更大于郝相赫同学的“狂妄言论”。我觉得大学教授对于一些出格言论，有更多一点宽容，才有希望破除当下大学的困境：为什么我们多年来就培养不出学术大师呢？

# 给专家论证把把脉

杭之在《一苇集》中曾言："在我们这个社会里，学者专家的数量在实际上有着严重匮乏的现象，但传播媒体却制造了过量的专家学者，进而更大量产生泛滥成灾的社会噪音。"

杭之乃我国台湾学者，这段话显然有感而发。他笔下所谓"严重匮乏"的学者专家，指的是那些有真才实学的学者专家（比如读本文的各位学者专家）；传播媒体制造的"过量"的专家学者，则大多是伪学者、伪专家也。

无论真伪吧，在媒体面前——主要是电视媒体面前，专家学者常常不过是工具或者道具，他的价值只在于完成一期电视节目而已。所以，对着摄像机镜头侃侃而谈许多话，电视播出时竟变成了寥寥几句；有时一大段议论被删节成了词不达意的三言两语，"话主"坐在电视机前，真比读洁本《金瓶梅》遇到"此处删去××字"还郁闷。

媒体需要专家学者，因为节目需要他们这些作料才瞧着热闹、完整。专家学者也需要媒体，没有媒体，就要板凳坐上十年冷，啥时候才有出头之日耶？张爱玲不是说过吗，“成名要早”，攀上电视龙附上网络凤，想不很快成名也难。大家各取所需，真乃其乐融融。

需要专家学者的，除了媒体采编者外，还有律师。

律师办案，感觉像秀才遇见兵有理说不清，于是心生一计：请几个鼎鼎大名的专家学者聚首一堂，对案件论证一番，随后出具由他们签名的论证意见书，向警察、检察官或者法官那里一送，就等着眼望旌旗动、耳听好消息了。

学者参与论证，大多受律师委托，公安司法机关就某些法案、改革措施和具体案件邀请论证也偶尔有之。律师寻求专家论证，动机明确，那就是获得有利于本方当事人的处理或者判决。他们寻求专家鼎力支持，目的在于以专家的权威来说服或者影响公安司法机关的处理或者判决。需要进行论证的案件，往往分歧较大，或者公安司法机关办理不公，律师无法通过其他有效办法达到目的，于是转而求助于学者的权威。

显然，专家学者论证案件提供意见，是一种救济手段。在诸多救济手段中，专家论证是一种新创的救济手段。用来救济的时机可能在立案、侦查、起诉、一审或者二审等任何环节，也可能是在判决生效以后。与这种救济手段并驾齐驱的其他救济手段还有借助大众传媒施加影响、向人大及其常委会反映情况、向上级公安司法机关申诉或者反映情况等，这些都是合法手段。至于非法的，就不必说啦。

专家论证从性质言之，是一种学者意见，学者没有权力，其意见对公安司法机关不产生强制力，此一起码认识是有必要的。费希特说得好：学者是没有权力的个人，“学者影响着社会，而社会是基于自由概念的；社会及其每个成员都是自由的；学者只能用道德手段影响社会”（费希特：《论学者的使命》）。

不过，专家论证意见虽只是一种意见，对司法而言并非有害无益。警察、检察官或者法官兼听则明，决非坏事。美国有“法庭之友”，此“友”乃是一种利益集团，他们向法庭提供意见，对法官进行说服，试图影响司法作出自己期待的裁决，在美国大概没有人认为它们是司法毒药，必欲除之而后快。

专家论证意见对于警察、检察官或者法官来说，多少有点营养；即使没有什么营养的，也还不至于有害。不过，警察、检察官或者法官可能会使它变得有害，如果公安司法人员盲从权威，看到论证意见书上那些显赫的名字，自己先酥了一半，也不仔细分析，跟着权威的音乐跳舞，专家意见是对的还好，万一错了不也糊里糊涂跟着错？如此一来，不但没有兼听得明，反而一跤摔到偏信的暗处。所以，公安司法人员本身作为本领域内的行家里手，要有独立人格和判断能力，须知“脑袋是长在自己脖子上的”，自己脖子上长的是脑袋，不是豆腐。

学者出于传播知识的使命感，维护公平的正义感，偶尔参与一下论证不但没什么大不了，有时碰巧还能对维护司法公正发挥一份作用。不过，论证太多就有点不妙，那不但会产生一种边际递减效应（老看见这些专家大名早晚会有稀松平常、提不起精神的那一天），遇上倒霉的案件还要连累得自己名望跟着受损，多少有点划不来。

专家学者虽贵为社会良心，但不可不铭记：喋喋不休的专家学者——恰如杭之所言——也会产生泛滥成灾的社会噪音。

BY J. CHANG

## 大家齐来扮"公知"

公知者，公共知识分子之简称也。对于这一新物种，我近来颇有些怀疑。

理查德·波斯纳曾著专书研究"公共知识分子"，书名 *Public Intellectuals: A Study of Decline* 中文直译为《公共知识分子：衰落之研究》，大有唱衰"公共知识分子"之意。波斯纳眼中的公共知识分子，是这样的群体："许多学者的著作超出本身的研究领域，换句话说，就是以一般大众为诉求对象。但其中有部分是心血来潮，例如克林顿弹劾案，许多哲学家、历史学家、法学教授倾巢而出，针对本案高谈阔论。整体来看，这些言论的水准实在低得可以……公共知识分子族群发表的评论多半毫无意义，宣示出他们对案子本身的认知肤浅。这些人稍微懂得一些皮毛，就在旁边七嘴八舌，以专家的口吻指指点点。"

我们身边的公共知识分子，也有此特性。他们虽然依托各自专业领域指点江山，但决不受自己专业领域的限囿，对于几乎所有社会热点话题，都热心添一把干柴，加一把光热，让火势更旺。于是举凡社会众生瞩目事件，总能见到他们的身影，连上帝的橡皮擦都将他们擦抹不掉。有长篇大套的滔滔言论焉，有三言两语的微博放话焉，隔三岔五就见他们又发表公知高见矣。于是万众一再沸腾，网上转载有之，议论有之，赞者啧啧有声，骂者狺狺不绝，推波助澜，热闹非凡。当年最高指示一下达，民众“自发组织起来”敲锣打鼓上街游行庆祝，其阵仗又在网络重现矣。

公共知识分子大概是传统媒体催生的，这些媒体需要专家、学者发表权威言论，于是制造了大量公共知识分子和社会噪音。一些专家、学者与网络新媒体结合，更加锐不可当。

平心而论，公共知识分子对于惩恶扬善、激浊扬清乃至引领大众、启发民智作用积极，贡献颇大，确实不可抹杀。波斯纳曾言：“所谓‘知识’，就广义的层面而言，功能包括阐释解读、指出同侪的错误、呼吁各界重视备受忽视的议题、鼓励民众思考，等等。”有一些社会丑恶现象，一经他们道出，魑魅魍魉无可遁形，暴露于舆论之下，灰头土脸，狼狈不堪，事情没准就有了转机。公共知识分子在其中扮演着领袖群伦的角色，他们以巨大的社会影响力推动社会的进步，这是不争的事实。相比之下，社会一般民众，虽可聚蚊成雷，毕竟每一位发言鼓噪者受到人微言轻规律的限制，难以振臂一呼，生鼓舞士气之效。仔细观察，我发现人类大概有期待或者推出领袖人物的天然倾向性，他们甘愿聚集在有领袖气质的人物的大旗之下，一起跳跃欢呼，充当拱卫之士，并且因那些领袖人物说出自己的心声而狂喜不已。

不过，公共知识分子也有他们的软肋，他们有些是愤愤不平的知识分子(或许只是知道分子而已)，各种不满、失意养成他们的仇恨心理，他们从拥挤的网络上找到自己的精神寄托，博客和微博成为他们的发泄口，他们懂得迎合一部分民众的期待，用偏激的言论使他们的愤懑得以一泻千里，并赢取网民的认同和赞许，进而得到温暖。理查德·波斯纳揭秘公共知识分子，语带讽刺，称："知识水准并不是公共知识分子最宝贵的特质。我将会指出，除了提供知识，公共知识分子的产品还具有两种功能：娱乐效果与创造认同感。"还有某些公知，在这个过程中虚飘起来，获得一种虚妄的优越感，竟公然声称要为民众普法，要给百姓启蒙，不想有时言语失当，反而被网民用言语痛扁，激起滔天的舆论讨伐，一天工夫就将其卑琐打回原形。

当今社会是名声社会，有了名气，人名就变成了名人，各种利益纷至沓来。芙蓉姐姐把身体扭成S形是一种成名捷径，凤姐以丑扮丑是类似的成名捷径，知识分子扮演"公知"，在网上以一种偏激、出格言论博取眼球和欢呼也是一种成名捷径。波斯纳曾言："知识分子不尽然是大学教授，但几乎都是。这年头，最典型的公共知识分子就是所谓的'专家学者'。他们的事业前途有足够的保障，收入优渥，衣食无虞……以学者的身份粉墨登场，不论结果是声誉鹊起或恶名昭彰，反正都是'成名'的捷径。"那些急于成名的专家、学者跃跃欲试，齐来扮演"公知"，以迅速在民众心目建立丰碑。波斯纳谈到"公知"之害，曾言："公共知识分子经常抛头露面，凭着学术地位沽名钓誉；整个市场缺乏品质管控的机制，公共知识分子经常发表荒谬的言论，一般民众的知识有限，根本无法判断其所言真假，'理念的市场'乱象丛生、毫无规范。至少从提升民众公共议题认知的角度来看，公共知识分子可谓信用破产的族群。"

我对于"公知"的怀疑，来自对某些"公知"私德的了解，他们说的一套与做的一套凿枘不合，人格颇为分裂，不看他们的私下行为只听他们的公开言论，却是人格高尚、熠熠生辉也。此外，我发现一些公共事件中某些"公知"的表现耐人寻味，他们只有立场，没有是非，真相不是他们真正关心的，倒是非我族类其心必异，党同伐异的劲头十足。他们没有包容异见的气度，一旦掌握权力，恐怕如孔子诛杀少正卯，让舆论与自己一律也。民主、自由、法治、人权是他们唇上的耐用消费品，他们的言论对社会进步起到客观推动作用，他们的双重乃至双重人格也就因此没有必要深究了？

有人讥讽，公知乃"公公知识分子"之谓也。"公公"者，阉人也，暗指所谓"公知"缺乏血性，他们发表言论，虽然偏激，尽管出格（不如此不足引人注目也），但说什么道哪些，还是小心掌握着分寸，故并不敢真的承担起言责。这种称谓语涉恶毒，非吾侪之所敢深究也。

# 网络约架

网络为人们获得信息和进行思想交流和沟通带来了便利，以拙眼观察，仿佛进行着一场旷日持久的新启蒙运动，依我之见，长此以往，互联网有望使“五四”以来没有完成的启蒙通过它来达成目标，使民主、科学、法治的观念深植人心。

不过，有时也发现，这个社会闲居无聊之士奇多，智愚贤不肖齐来上网，使用互联网的家伙素质参差不齐，遂不可收拾地发酵出许多负面效应。如近来出现的一种奇特现象——“网络约架”——就是这类例证。

网络约架者，在网上相约到某一约定地点全武行大打出手也。这奇景因网络著名人士吴法天被打，使得“网络约架”一时为众人所知，吸睛累万。打架之时和战斗之后，大家议论鼎沸，热闹非凡，网上喝五吆六喊打喊杀的暴民更是陷入狂欢状态。事情的起因是，吴法天与一川籍女记者周燕因公共意见有异而网上开骂，骂得十分难听，骂了还不算，两人又相约到北京朝阳公园南门见面较量，孰料两人到场之外还有许多看客和助架者共襄盛举，吴法天被一群汉子推搡、殴打和辱骂，据说还被女记者掷鸡蛋、踢中并撂倒，场面一时混乱。吴法天吃了不少明亏和暗亏，最后只好叫来警察出面摆平。事发当日，有人网络直播，围观者兴奋雀跃，有人形容网络火爆情况曰“网上都炸开了”。

我对此事颇为不解：网上纷争大多由意见不同引起，意见不同，各说各的，大不了彼此语言交锋，辩个清楚，口诛笔伐可也，怎么还升级为不离脐下三寸的网上辱骂，进而又升级为网络约架，而且见了面连鞠躬作揖也没有就拳脚相加全武行开打？真是孔夫子在世将情何以堪。听说这个国度自古以来是纸上的“礼仪之邦”，又听说这里是一国首善之区，实际生活中却总是“君子国”大翻转，雄赳赳的国民仿佛各个都是《茶馆》里的二德子，“动不动就讲打”，开打之外还各个义形于色，兴犹未尽，摩拳擦掌，大有一路打下去的架势和豪情，有个不眠不休的意思。

对于网络约架的意义，要是正面解读，大概可以说这算是一种意见表达方式。打什么人，以及在哪里打，有没有围观，都不是可以马虎草率的小事。这次朝阳公园南门之约，由于意义并非限于两个网民之斗，也非男女之争（虽然性别之差增加了事件的轰动性），而是左右之战，打架的过程与结果就牵动着不同阵营的抑扬荣辱。吴法天被网民骂为“著名五毛党”，右派及其支持追随者早就蠢蠢欲动，皆以捶之打之为快。因此，将吴法天打翻在地，表明一种政治立场和态度，具有自由派战胜“五毛”的象征意义，因此，网络约架一定要进行网络直播或者起码将战况发布四海才行，要是只有两人相约，暗地较量，除了打赢者自己出了一口鸟气、心情舒畅以外，没多大的社会意义，网络约架的意见表达功能就发挥不出来了。

然而非得使用暴力决一雌雄不可吗？有话好好说以及让人有话好好说，不是一种民主风度和素养吗？伏尔泰那句名言“虽然我不同意你的观点，但我誓死捍卫你说话的权利”不是经常被自由派朋友津津乐道？怎么到了该实践的场合就忘到九霄云外？

这次网络约架，打人者获得无数喝彩，连文坛巨骗也发微博骂吴法天“欠揍”，其附带作用是转移一下网民对自己欺世盗名的关注。但仔细想来，打人者失分不少。约架的周燕一方，给人的印象是五毛党的对立面，自由、民主、人权和法治的拥戴者，但一拥而上用辱骂和殴打方式对付一个势力单薄的对方，让人们看到自由、民主、人权和法治素养的不足。有的助架者光头墨镜敞胸露怀的模样，也给社会不良观感。打人过程不容对方声辩立即发起围攻，不免让人想起当年红卫兵的“气势”和“风格”，只是打人的对象变了，围攻殴打的方式却如出一辙。吴法天被打，许多人叫好，到处嚷嚷既然是五毛就挡不住别人打、该打，但这种风气继续蔓延，一旦形成暴民政治，势必造成今天你因不同意吴法天的意见而打他，明天就可能有人因不同意你的意见而打你，平心静气的理性讨论就不复存在，武力成为解决各种意见分歧的不二法门，无论所谓自由派也好，左派新左派也罢，都会在暴力中迷失自我并尝遍苦果。

这次网络约架的结果，吴法天表面上吃了大亏，但也赢得不少同情票。据吴法天自己讲，他此次昂然前往赴约，是要给对方普法，见闻讯前来的人有二三十人，正要玉音放送，欣然开讲，没想到对方摆下的是鸿门宴，根本无意拱手静听，做五美四讲三热爱的好学生。人家既然是约架，名正言顺就是真来打架的，谁有耐心来辩论？于是楚河汉界风云变色，一场势力不均衡的对垒让他难以招架，只好打不还手骂不还口。我不晓得吴法天为何明知“约架”还要前往，对方是一个女记者，被她打扁会很难堪，把她打翻也不光彩。要是以约架之名行普法之实，怎么不想想：在网上笔战尚且不能将对方说服，难道真有苏秦张仪之三寸不烂之舌、诸葛孔明口战群儒之能，一番话就让对方醍醐灌顶，幡然醒悟？要是为了博出名，增加关注度和点击率，那倒是大有斩获，据说朝阳公园南门之战双方粉丝猛增，果真如此，为了这受点皮肉之苦，大概也还值得。

本大人对这路无聊事一向淡定，偶尔拿起鼠标也斜一眼这网上江湖，大不了空发几句议论而已。要是有包大人升堂断案之权，面对这义形于色和委屈万状的两方以及站在人后探头探脑的五岳散人之流，一定手拍惊堂木，大喝一声：来人呐，拉下去各打五十大板，把隔夜饭都给我打出来，叫你们闲的！

# 两个巴掌引起的法律思考

人们常常想象大学教授应该是儒雅斯文，身体孱弱，手无缚鸡之力，甚至内心卑怯，属于君子动口不动手之流。不过，近些年来乾坤倒转，一些教授让这个见多识广的社会不免刮目相看——先是有教授连爆粗口，惹得象牙塔内外腥秽四溢；如今又有教授大展五指神功，引起社会议论鼎沸，争议蜂起。北京航空航天大学的韩德强教授就属于神勇一例。

义形于色的韩德强教授对一位八旬老人大打出手，事后亲口证实其曾两次扇老人耳光，并表示拒不道歉，还慨乎其言："是汉奸，收拾他合情合理"；甚至扬言："以后还要打！"这位教授自称：事情的起因和经过是，他参加河北一游行队伍，听到已多年未闻之万岁万岁万万岁的呼喊，抑制不住激动；后来看见两青年举一床单，上书想念已故伟大领袖的标语，更是感动得无以复加。正与两青年热聊，不料边上走过一老头，瞥一眼标语，说"想个屁"，激起韩德强教授革命义愤，立即给对方定位："你是汉奸！是日本人内应！"老头不理他，继续出言不逊，韩德强奋勇上前，扇了老头一耳光，老头回手打掉他的眼镜，他看到老头继续唠唠叨叨，又上前打了老头一耳光，老头欲还手，被周围人拉住。

我闻知这位教授“义举”，禁不住原地立正，肃然起敬。看来这位教授的确如其名字所昭示的那样“强悍”，唯不知是有德而强还是无德而强。看其自述，可以想象当时情景：说时迟，那时快，对于一位耄耋老人韩教授奋起巨灵之掌，其威武雄壮。不问可知。只不过，这一“壮举”不是对一位青壮年展开的雷霆之怒，而是对八秩之年的老人家大展威风，仔细推敲起来，让人多少会减损几分佩服。

我总觉得，教授算是有知识之人，品德与教养应在常人之上，对于与自己观点不合者，即使不守恕道，奉以宽容，总还不至于诉诸全武行，演绎出拳来脚往。自由民主的社会应当以理性讨论为意见冲突的办法，靠说服而不是压服，让人们表达意见时不至于怀有深深的恐惧，这才有健康社会的气象。教授既然为社会精英之士，自然应当为社会树立正面的榜样。如果教授没有“我不赞成你的观点，但是我誓死捍卫你说话的权利”的民主素养，公然以武力打压别人的意见表达，便成为宪法允诺保障的表达自由的敌人。那么，所谓“教授”云者，也就斯文扫地，甚至成为民主与自由的公敌。

这个事件的宪法意义，大略如此。我关心的，是韩德强打人事件，若从刑法解读，可以寻得何种答案。盖因宪法无法直接施以制裁，打人者要付出法律意义上的代价，还需要在法律的旷野里另辟蹊径。我觉得，打人者逞一时之快，可以优哉游哉，不必对自己的行为负责，这世界就成了以强凌弱的世界，还有何公道可言？

耳光响亮，从我们刑法之人身伤害的角度看，还不至于构成伤害罪。一二耳光，轻微伤都算不上。在有些国家或社会，打一二耳光或踹一二脚，未必不能被诉诸法庭，如加拿大一名丈夫一怒之下掴了其娇妻一掌，并未造成严重后果，却被起诉法院，其行为虽只掌心一掠，也属“家庭暴力”，不可轻饶；其妻不欲其丈夫被诉诸法庭而欲求情免诉而不可得。此等事实，若依我国刑法铁口直断，因情节显著轻微，公诉机关必不介入追诉，其一定构不成伤害罪是也。

伤害罪虽不构成，难道打人就白打了不成？当然不是，此一行为，尚可以寻衅滋事罪加以衡量，按照寻衅滋事罪之犯罪构成，随意殴打他人，情节恶劣的，乃破坏社会秩序的寻衅滋事行为，韩德强在公开场合、因意见相左就对一位年已八旬的老人大打出手，情节是否恶劣，不无深究的余地。据说所谓情节严重，乃指造成轻微伤以上伤害，不知肉体之外的损害，是否也可算作情节严重？退一步讲，纵然韩德强的行为尚不足以犯罪论，当也可以依据治安管理处罚之法加以追究。

换一个角度观察，韩德强在众人面前打人耳光的行为，显然属于公然侮辱性质，未尝不可以侮辱罪提起自诉。刑法规定：“以暴力或者其他方法公然侮辱他人或者捏造事实诽谤他人，情节严重的，处三年以下有期徒刑、拘役、管制或者剥夺政治权利。”除严重危害社会秩序和国家利益的以外，侮辱罪属告诉才处理，被害人须提起自诉。以暴力公然侮辱他人的行为，所谓“公然”者，“乃不特定人或多数人得以共闻共见之状态”；所谓“暴力”者，“乃指对于被害人身体施以不法腕力或体力，而加侮辱。例如当众打耳光、以污水泼人、强拉他人之裙子或裤子使其脱落、或强拉他人至街示众等”（林山田语）。以此衡量，韩德强的行为当属公然侮辱无疑；至于是否构成犯罪，端赖是否属于“情节严重”之判断。

无论如何，韩德强教授打人事件，值得从法律角度加以深究。这位韩德强教授，听到一句“想个屁”就隆重将他人骂为“汉奸”，可谓情绪化到无理性可言。殊不知所谓“汉奸”者，乃指“为侵略者之利益而甘心从事种种有害本国活动之人”，若与自己的见解相左便是“汉奸”，这种标签贴得也太随意了点。将他人骂为“汉奸”，唯一的作用是正当化自己的行为，使自己以为占据道德高位，进而鼓足霸气以武力对他人横加侵犯，这与那些打砸抢烧的暴力行为，在实质精神上难道没有一致性？说到底，它们都是社会暴戾化的表现也。

显而易见，社会暴戾之风断不可长。若想要煞住这股暴戾之气，应当追究那些施暴者的法律责任，如果纵容这种暴戾之风蔓延，这世上还有免予恐惧的自由吗？

# 何以为训

## 1

训，就是一种说教。许慎《说文解字》明白指出："训，说教也。"《康熙字典》将"训"解释为"说教""诲""导""诫"，教诲、教导、告诫、劝诫与说教的意思差不多。所以，有人称"训"是教诲的别名。

青少年时期听过的最多的"训"，来自父母和老师，内容五花八门，大抵可以归纳成两种句式："要……"或者"不要……"你要这样，你不要那样，都可谓之"训"，只不过不那么正式而已。

较为正式的，古有所谓"庭训"，指父亲的耳提面命，庭是堂阶前的院子，训就是教导、教诲、训诫。承训者唯唯而已，回不得嘴。《红楼梦》描写贾政对宝玉的训诫，就可称为庭训。旧时有句成语云"幼承庭训"，相当于现在所谓"有人养亦有人教"之意；自称"幼承庭训"，想要传达的信息是自小有很好的家教，现在当然差不到哪里去。

更为正式的，称为"家训"。家训是家长对于子女成长、求学、修身、待人接物等方面的教诲。古时流传下来的极有名的家训是《颜氏家训》，这是颜之推撰写的一部书，记述颜之推的经历、思想、学识并告诫子孙。其内容包含教子、兄弟、后娶、治家、风操、慕贤、勉学、文章、名实、涉务、省事、止足、诫兵、养心、归心等多项内容，言者谆谆，字里行间有许多劝勉之意。

如今人们接触比较多且较为正式的“训”是大中小学的校训，有的大学下属学院还有院训，甚至有的法院、检察院一时技痒也搞起了院训。全国各地校训、院训一时俱来，目不暇接。

校训是劝勉师生共同遵行的准则和固守的理想，通常反映一个学校的校风、学风和理想追求，往往用很醒目的短语（目前以八个汉字的较为多见），几乎是一所大学对内激励精神的“糖豆”和对外展现学校形象的“名片”。校训体现了特定的价值观，这里的“价值”指的是值得追求和维护的好的事物的观念以及事物本身，因此校训中充满真善美的字眼，无足为奇。

有人考证，“校训”一词非我中华固有，乃是从日本舶来的名词，汉语词典中首次出现“校训”一词，乃是舒新城主编、1930 年中华书局出版的《中华百科辞典》，该辞典对于“校训”一词的解释是“学校为训育之便利，选若干德育条目制成匾额，悬见于校中公见之地”，这样做的“目的在于使个人随时注意而实践之”（参见百度百科之“校训”词条）。不过，我国此前虽未见得有“校训”一词，却未必没有“校训”

的存在。如朱子白鹿洞教条是“父子有亲，君臣有义，夫妇有别，长幼有序，朋友有信”，说的全是儒家理想。这里的书院教条，与如今所谓“校训”何异？岳麓书院之“实事求是”，大概也算得上“院训”。更为典型的，是北洋大学赵天麟将“实事求是”作为北洋大学的校训，这都是1930年以前的事了。

记得我尚在少年时候，并无所谓“校训”的概念，全国各小学都书写、张贴、铭刻毛泽东的“好好学习，天天向上”的劝勉之词。要说校训，这大概算得上全国小学统一的“校训”了。那时学校里还常见另一幅毛主席语录——“团结、紧张、严肃、活泼”，现在知道那是毛泽东为中国人民抗日军政大学总结的“校风”，也可谓对这所大学要培育的校风的期许。现在的中老年人提起这八个字，都会联想起自己的学生时代。尽管在那个时代，不是所有的人都清楚“紧张”什么以及“严肃”和“活泼”怎么听起来有些矛盾；就是到了现在，不少人也还搞不明白到底“紧张”什么。不求甚解，就必定如此。

到如今，各地校训已经有点百花齐放的意思，不再统一、一律。这是因为各校有权自主确定自己的校训，别人不必置喙，置喙也未必从善如流，于是校训也就有点五彩缤纷的感觉了。

过去有校训的，不必再费心思去琢磨该弄点啥词好；没有校训的，纷纷在“校园文化建设”中搞起校训，为此各个单位都颇费了一番脑筋。有了校训之后，或刻写，或镏金，或凸或凹，或在石头上，或在门楣门廊上,怎么醒目就怎么来。各法律专业为主的大学及各大学法律院系当然不后于人,纷纷推出自己的校训、院训。

大学之校训,我最为欣赏的是以下数则:清华大学的“自强不息,厚德载物”、南京大学的“诚朴雄伟,励学敦行”、北京师范大学的“学为人师,行为师范”、山东大学的“气有浩然 学无止境”、复旦大学的“博学而笃志 切问而近思”、中山大学的“博学 审问 慎思 明辨 笃行”、南开大学的“允公允能,日新月异”、云南大学的“立一等品格 求一等学识 成一等事业”、集美大学的“诚以待人,毅以处事”、澳门大学的“仁义礼智信”、香港中文大学的“博文约礼”,等等。

这些校训好在哪里?我想可从以下标准来衡量。

一是要通,不通者不佳。中国政法大学的“厚德明法 格物致公”,其中“厚德”已与清华大学的“厚德载物”的“厚德”重复,已是忌讳;另外,“厚德”的意思是“使德厚”,即增进德行,对照之下,“明法”却又费解,按“厚德”的语法结构推断,当为“使法明”,这意思半通不通,明法就该是“明了法律”的意思,这才算通了。“格物致公”最为别扭,因为本有成语“格物致知”,“公”大显突兀,让人有擅改成语的不良感觉。有人解释该校训为两字一顿即“厚德、明法、格物、致公”,不可连读为“格物致公”,然而“格物”之“格”有“穷究”之意,“物”乃指“物之理”,“格物”又可指代物理学科,与政法有何关联?明显不通,莫名其妙。有教授曾建议“政性在公,法心寓明”,这八个字更为贴切，又隐含“政法”二字，可惜未予采纳。

二是醒目。好的校训必要用词醒目，哈佛大学校训“VERITAS”（真理，等于英文中的“Truth”），耶鲁大学校训“Lux et Veritas”（光明与真理）。这些校训只用一两个单词，十分醒目。燕京大学校训“自由、博爱、民主”用三个词表达自己的价值追求，可谓有美国大学之风，一如美国西点军校的“荣誉、责任、国家”。

三是贴切。好的校训要训得贴切，如西南联合大学的“刚毅坚卓”，代表了抗战时期的师生面对战乱与困难的坚强意志，贴合时代，如今云南师范大学移为自己的校训，就有点脱离时代之感了。朱镕基为国家会计学院题写的“不作假账”，虽然用词俚俗，但颇为贴切，不失为一个好的校训。四川大学的校训“海纳百川，有容乃大”差强人意，贴一“川”字，点中“四川”，不过，四川处于内地，与“海”无缘，冒头一个“海”字，感觉未尽贴切。据说四川大学另有一校训云：“精韧不怠，日进有功。”这八个字，我倒是颇为欣赏。清华大学法学院的“进德修业，至公至正”，“进德修业”已与国家检察官学院的校训前四个字重复，“至公至正”又似对法院（法官）的要求而非法学院（法学生）的要求，其不贴切亦明矣。

四是典雅。好的校训不妨用典，甚至直接从古文、名人名言中摘取适宜者作为校训或者院训。如剑桥大学校训采用的是苏格拉底的名言：“我与世界相遇，我自与世界相蚀，我自不辱使命，使我与众生相聚。”“训”还有另一层意思，即“古言可为法也”，我们常说的“古训”就是这个意思。圣约翰大学的“学而不思则罔，思而不学则怠”、华东理工大学的“大学之道，在明明德，在新民，在止于至善”都是直接来源于古文。“自强不息，厚德载物”来源于《易经》：“天行健，君子以自强不息；地势坤，君子以厚德载物。”天津大学（北洋大学）的校训“实事求是”来源于《汉书・河间献王刘德传》。东吴大学的校训最早是英文的 “Unto a full-grown Man”，出自《圣经・新约・以弗所书》。1929 年首任华人校长杨永清提议以“养天地正气，法古今完人”为中文校训，也属佳训。北京大学“爱国进步民主科学”反不如蔡元培的“思想自由，兼容并包”八个字来得好。

五是独特。好的校训或院训应当个性鲜明，不与雷同，祛除重复之感。国家法官学院的校训“崇德敬业，明法致公”与中国政法大学的“厚德明法格物致公”就很近似。西南政法大学的“重法，博学，厚德，笃行”重复了“厚德”二字，华东政法大学的校训“笃行，致知，明德，崇法”与西南政法大学重合了“笃行”，语意也颇近似。再看南方医科大学校训，又是“博学，笃行，尚德，济世”，联系中山大学校训“博学，审问，慎思，明辨，笃行”，又重复了后者的“博学”“笃行”，汉语词汇之贫乏，一至于此，真是令人感叹！当年朝阳大学的校训“浚哲文明”，其文字功力让我们现在政法院校的校训相形见绌。

纵览各大学校训，更不足取的还有很多，主要毛病是重复来、重复去，你克隆我、我克隆你，虽词序有些变化，大体上不过是几个用滥了的词颠来倒去使用，总是舍不得割舍。

校训言简意赅，好的校训是高文化水准的象征，也是好的中文功力的表现。我非“厚古薄今”，实则平心而论，高校中百年老店的校训确实更有文化底蕴，如今不少新校训却有点“穷措大”胡乱穿几件华服的感觉，看上去不大像真豪门的气象。如今校训平庸者多，佳妙者少，有的连文字都半通不通，折射了这些年来中文的式微。

校训劣质化的倾向，与整个中文式微的糟糕状况密切相关。余光中先生曾有多篇文章谈到中文的衰落，在《哀中文之式微》一文中，他感叹：“生硬的翻译，新文艺腔的创作，买办的公文体，高等华人的谈吐，西化的学术论著，这一切，全是间接西化的功臣。流风所及，纯正简洁的中文语法眼看就要慢慢失传了。”考其原因，如今的人们在中学时就没有打下良好的中文底子，“中学课程之繁，压力之大，逼得学生日与英文、数学周旋，不得不将国文贬于次要地位。所谓国文也者，人人都幻觉自己‘本来就会’，有恃无恐，就算临考要抱佛脚，也是‘自给自足’，无须担心”。另外，“文言和白话对立，更增加中文的困难。古之学者，读的是文言，写的也是文言，尽管口头所说与笔下所书大不相同，形成了一种病态，可是读书作文只要对付一种文体，毕竟单纯。今之学者，国文课本，读的大半是文言，日常写的却是白话，学用无法一致，结果是文言没有读通，白话也没能写好。两短相加，往往形成一种文白夹杂的拗体。文白夹杂，也是一种不通，至少是不纯”。另外，“不纯的中文，在文白夹杂的大难之外，更面临西化的浩劫。西化的原因有二：一为直接，一为间接，其间的界限已难于划分。直接的原因，是读英文。英文愈读愈多，中文愈读愈少，表现的方式甚至思考的方式，都不免渐受英文意识的侵略”。他以成语为例，指出：“成语历千百年而犹存，成为文化的一部分。例如‘千锤百炼’，字义对称，平仄协调，如果一定要说成‘千炼百锤’，当然也可以，不过听来不顺，不像“千锤百炼”那样含有美学。同样，‘朝秦暮楚’‘齐大非偶’‘乐不思蜀’等语之中，都含有中国的历史。成语的衰退正显示文言的淡忘，文化意识的萎缩。”成语如此，同样讲求句子简短内涵丰富的校训何尝不是如此？看如今校训的劣质化，不正是中文式微而文化意识的萎缩的表现？

噫！校训虽短，谁谓不见真实学识？谁谓不见国学素养？谁谓可以等闲视之？

## 2

提到“院训”，人们自然想到大学或者中小学的“校训”以及学院的“院训”。我国历史在 60 年以上的老牌学校通常都有校训。那时大学有公私之别，教育理念和对学生的期许鼓励也有差异，体现在校训里，争奇斗艳，各个不同。历史不超 60 年的学校，原无校训，取而代之的是刷写或者张贴的“团结紧张，严肃活泼”八个大字，小学多是“好好学习，天天向上”。如果这可以算作校训的话，那是全国地无分南北、人不管妍媸的统一规训，属于社会主义中国的一个特色。这种全国一统之“训”，倒也使各个学校省事省心，不必自己动脑筋去捉摸本校何以为“训”。近年来，一些没有自己独特校训的学校，纷纷绞尽脑汁攒字为“训”，一时颇为热闹。影响所及，连法院、检察院也见猎心喜，开始推出自己的院训。

“院”无须诠解，“训”字需要说文解字一番。按《说文解字》的解释，古时“训”字与“驯”“顺”互相假借，意思是“马顺”。“训”的意思是说教，“训者，顺其意以训之也。”《康熙字典》采撷前人的解释，列举“训”有教诲、教导、警诫之义。训在古之文体当中属于箴规类，来裕恂先生谓：“箴规类者，圣贤所以自警、警人之义，其辞质而意深，盖自古有此文体矣。”同属于箴规类的，包括箴、规、戒、训、铭、赞、喻。其中，“训者，谆谆相告也。始于《夏书》之‘圣祖有训’，后世遂祖述之”。如今院训之“训”，也依此意，就是本院的训词，体现为用以教导、激励的简短言词。

初闻法院、检察院制定院训，难掩疑惑。从来未闻法院、检察院各有院训，现在听到，自然感到意外。古时公堂之上悬有“明镜高悬”，大概不能算各个衙门里的“衙训”，否则皇宫里“正大光明”的匾额岂不是“宫训”？这些不好说就是“训”，但古时衙门里楹联匾额也不是没有一点"训"的影子。现存河南内乡县衙,公堂之上有"明镜高悬"匾额,三堂(知县内邸)前檐置匾"清慎勤",县丞衙正厅横匾"勤补拙",主簿衙正厅横匾"俭养廉",显然都有箴、规、戒、训的味道,只不过不以"训"名之而已。另外,古时楹联匾额写什么字,除公堂上不约而同,其他都是因官而异。正如林则徐有"制怒"大字横幅用来自警。各个官员在衙门内刻写悬挂什么,随各自喜好意趣,并无统一,也没有要全体衙门工作人员一体遵守之意。

到如今,法官学院、检察官学院推出院训,再正常不过,国家检察官学院就有院训"进德修业,秉鉴持衡"。相比之下,司法机关有自己各自不同之"训",多少有点异乎寻常。这是因为无论天南海北,司法提供给社会的服务到处如一,司法追求的目标、呈现的本质、遵奉的价值和恪守的原则并无二致,无非是公正为本,按说司法自为之训,也就四海如一,天下大同。但每个司法机关各自为"训",必然追求差异性,否则由最高司法机关发布一句统一院训,各院刻石铸铁,一体遵守,何必各自为之?既然训有不同,那么对于司法以及司法人员的要求因院有差,这岂不造成恪守不同,花样百出,司法不也失去了一致性?

话说回来,这也许只是怀杞天之忧的过度诠释,院训的用意不在制造差别,在于营造法院、检察院各自的文化氛围,对于司法人员有所教诲、期许而已。那么,要搞,就搞得像模像样,有一点文化感才是。

要制定院训，便需斟酌何以为“训”。训不在长，妙在言简意赅。这说起来容易，没有相当程度的文化素养，也想不到、写不出有文化底蕴的训词。当今社会，我们都在努力地文化着。但文化有真有假，亦有水平高低之分。文化之事，需要真有文化之人来做，才能做得出文化意味和文化品位；让没有文化或者文化偏低之人来凑合，可能越弄越显得没有文化。

古时文人，饱读诗书，文化底蕴十足，笔下的东西字字珠玉，令人赞叹，即使看今人所不齿的伪“满洲国建国宣言”，你也得承认前清遗老的言辞文笔是绝对一流。一个人若无国学根底，写出的东西败絮糟糠满眼，请他拟出不错的训词，恐怕缘木求鱼。

训词要独特，需要费一番心思。如今一些法院、检察院的院训，彼此近似，雷同感十足。正如一些大学的校训，彼此似曾相识，如“严谨求实、团结创新”的同济大学校训、“团结勤奋，求实创新”的北京理工大学校训，“勤奋严谨，求实创新”的原北京医科大学校训、“勤奋严谨，求实创新”的石油大学校训、“团结勤奋，求实创新”的电子科技大学校训，再加上华南理工大学、大连理工大学、武汉理工大学、河南农业大学、矿业大学、上海水产大学等校训，都在“勤奋”“团结”“严谨”“求实”“创新”里面打滚儿，了无新意。这些不用费心思、动脑筋的校训，一般都出自理工科学校，昭示着文化底蕴与校训、院训之良莠似真有对应关系。

训词要典雅、整饬，最简单有效的方法是到古代典籍中找现成的句子。清华大学的校训出自《易经》，源于梁启超的一次讲演；圣约翰大学的校训来自《论语》“学而不思则罔，思而不学则殆”，既叫好又讨巧。训词最忌生造，文言也不是将单个字挤拼在一起就可以成为典雅之句。

院训的文辞是一个方面，也许更重要的是要言之有物。朱镕基为国家会计学院题词并引为该校校训的“不作假账”，虽然词语俚俗，却也简单明了，比许多花哨的文辞更具有训诲作用。

总之，要制定院训，需要注意的是避免重复、生造之病。我见不少法院、检察院院训都在崇法、厚德、廉明、为民、公正左右打转，捏合成的院训都大同小异，彼此一律。院训并不是标语口号，训词如果没有文化底蕴，还不如没有训词。但要想使训词有文化底蕴，拟训词之人须有相当程度的文化涵养，拍板决定之人也须有足够的鉴赏力。不具备这些，院训绝无可观，一定不足为“训”。

# 读巴葛爵士的《英国大学》

《英国大学》一书，巴葛爵士所著，中文译本正文凡43页，薄薄一册。原书有作者介绍云：巴葛爵士(Sir Ernest Barker)出生于英国北部的劳工家庭，早年在牛津贝里欧学院攻读古典文学，继而在牛津大学担任史学讲师与导师，后来又担任伦敦大学英皇学院的院长，最后担任剑桥大学的政治学教授。从1920年至1928年，巴葛爵士受聘为教育部咨询委员会委员，后又成为盟国教育部长组织的书报委员团的主席。他“不但对大学生活了若指掌，同时深知民间疾苦；须知在今日的民主社会中，平民子弟的优秀分子进入大学者，颇不乏人，和中世纪的情形相仿佛”。除《英国大学》外，此公还著有《大英帝国的理论与理想》(1941)、《政治管见》(1942)、《英国与英国人民》(1942)、《西欧公务的发展》(1944)和《政治论文集》等。①

巴葛爵士在《英国大学》一书中“将今日英国的大学教育作扼要

---

① [英]巴葛爵士著：《英国大学》，张芝联译，1页，北京，商务印书馆，1948。

而详尽的叙述。他说明旧日的大学如何一方面保持中古及文艺复兴时代的传统,一方面扩增新科目与新方法,以适应今日民主国家的需要”。全书正文分6部分,包括英国大学的分布,英国大学的行政、教学与课程,英国大学在英国民主政体中的立场与功能,英国大学的教席及其推进学术的设备,英国大学的学生生活,英国大学教育的展望和问题。“这本书虽然是为文化宣传而写的,但巴葛爵士是一个纯粹的学者(他在七旬高龄还在孜孜不倦地翻译亚里士多德的《政治论》),他决不作渲染过分的违心之言。”[①]

据译者张芝联介绍,译此书的缘起是:“承钱默存(鍾书)先生的美意,介绍我为英国文化协会翻译这本小书。我刚从英国回来,牛津、剑桥、伦敦的印象——牛津的图书馆,剑桥的草地和那沿着剑河的美丽的‘后院’,拉斯基教授幽默的演讲,总之,整个英国大学的学风——深深的刻在脑际。我欣然接受了这桩工作,不为别的,只贪它唤起我恬静的回忆。”此其一也,其二,“我国自有大学以来,大体上仿效美国的教育制度,行之数十年,流弊百出。……巴葛爵士这本小书可以作为我们检讨大学教育制度的起点;他的见解值得我们细细的咀嚼思索”[②]。

① [英]巴葛爵士著:《英国大学》,张芝联译,2页,北京,商务印书馆,1948。

② [英]巴葛爵士著:《英国大学》,张芝联译,1～2页,北京,商务印书馆,1948。

我国的教育制度正在不断改革之中，改来改去，似乎没个清晰而贯彻一致的理念，也没个准目标，旧疾未除，新恙又添，搞得弊窦丛生。读巴葛爵士《英国大学》，对于几十年前译者发出的疑问仍有强烈的共鸣："巴葛爵士(Sir Ernest Barker)所说的英国大学的三种任务：选拔英才，维持一般的文化水准，推进学术研究。试问大学当局有没有在虚心地检讨自己(不是空说)，考虑巴葛爵士所提出的几个严重问题：如何推广大学教育的机会而不使水准降低？大学在训练师资、公务员和技术人员方面应尽多少力量？大学对于成人教育应有何种贡献？我们名为实施民主，但如巴葛爵士所描写的教育上的民主，我们究竟做到了几分？"①正由于我们对于这些问题似乎还没有找出明澈的答案，巴葛爵士《英国大学》一书仍值得反复咀嚼。

## 小有小的好，大有大的糟

巴葛爵士在介绍英国大学的分布时说："百余年前，当拿破仑的战鼓已成尾声时，英格兰只有两个大学，那就是历史悠久的牛津和剑桥，创立在西历一二〇〇年左右；威尔士还没有大学；苏格兰已经有四个大学，这个数目一直保持到今日；爱尔兰只有一个，在都柏林城。"后来英格兰的大学增加了多所，主要是20世纪的产物，因此，

① [英]巴葛爵士著：《英国大学》，张芝联译，1页，北京，商务印书馆，1948。

“我们不妨说英格兰是‘二十世纪大学’的总汇。……很奇怪，英格兰虽是个古色古香的国度，它的大学却多半新设。但是仔细想一想，这现象并不稀奇，因为全国性的国民教育制度在英格兰也不过一八七○年刚刚开始，那一年第一次教育法正式通过”①。

大学有一元性大学和多元性大学，多元性大学就是由学院构成的大学。“牛津、剑桥这两座古老的学府，在十三世纪末叶已有种种设备使学生寄宿校内，它们与伦敦大学相同之点就是全由众多学院联合而成，每个学院各自为政。……因为寄宿的缘故，这些学院不能容纳过多的学生；在剑桥，平均每学院只有二百七十人。牛津则每学院仅一百七十人。粗算起来，牛津、剑桥各拥有二十个学院左右。这些分立的学院固然形成牛津、剑桥的特点，但读者万勿把它们认作大学的本体。除了这些零散的学院之外，还有一个凌驾一切的中心大学(the Central Uniersity)，近年来有显著的发展(尤其是自然科学方面)，并为全大学的学生广泛地增设讲授班以辅导师制。此外我还愿意提到一点：牛津、剑桥在英格兰夙日是唯一的最高的学府。迄今仍有它的潜势力及优越的地位，不止在英格兰本土，即在整个英国的领域内也以这两座学府的声誉为最高。它们不但能聘得最好的教授，并且吸引国内最优秀的青年。”它们皆不屑以地方大学自居。不

① [英]巴葛爵士著：《英国大学》，张芝联译，1～2页，北京，商务印书馆，1948。

过，巴葛爵士提醒说："地方性的大学，能适应各地的特殊需要的那些学校，也一样值得重视。"[①]英国的许多一元性大学（地方或都市大学）"另具一种完全不同的格式，极饶兴味，它们的前途可能最灿烂。它们不是由许多学院联合成的，这点就和伦敦大学以及牛津、剑桥迥异。它们是一元性的大学（学生多则二千人，少则六七百人），教授和学生都汇集一处，这样使它们的力量无形中增强"。它们多建立在人口稠密的工业中心，在当地实际生活发生联系方面更具优势；它们在某些学科或某些方面表现出色，如"在爱丁堡以及格拉斯高大学中有些教授以专研英国文学著称；在哲学方面，这两所大学也有其光荣的历史。威尔斯大学在大学历史上讲起来是后起之秀，还不到十年左右，但已能吸收当地最聪慧最出色的子弟。"还有些学院，"其中教授恒不乏知名之士"[②]。

读巴葛爵士之《英国大学》，禁不住与中国大学作对比。在对比中，真感慨系之。

国人好大喜功，办教育也是如此，追求大规模，人山人海。我国之大学，多由一元性大学转为多元性大学矣。

一些校长认为，如果办学规模不大，就不会受到教育主管部门重

---

① ［英］巴葛爵士著：《英国大学》，张芝联译，5～6页，北京，商务印书馆，1948。

② ［英］巴葛爵士著：《英国大学》，张芝联译，7～8页，北京，商务印书馆，1948。

视，就不会形成广泛社会影响，就不会赢得一流大学的声誉。于是学院改大学、系改学院，搞成石榴形庞然大学，成为细胞分裂的怪物。吾之母校中国政法大学近年来细胞分裂成多个学院多个中心，甚至有司法考试学院这类荒诞得近乎可笑的学院，一二个便成立××法研究中心，有的中心牌子没处挂，放在办公桌上，极具喜剧效果。

许纪霖在《小的就是好的》一文中以美国为例指出："在我们的一般印象中，学院（college）永远比大学（university）要低一个档次，这些年来，国内各地的许多学院纷纷改名为大学，力图改变受歧视的地位，这成为一个不可阻挡的潮流。但美国人听了，会觉得这是一个不明智的选择：在美国，有太多的高中生，在家长的支持下，放弃名牌大学的录取通知书，而奔学院读书。"例如，"有一个成绩顶尖的应届高中毕业生，同时收到了哈佛、耶鲁的录取通知书，结果他舍弃了这些名校，去了一所小小的斯沃斯摩学院（Swathmore College）。"许纪霖亲眼看到这所小学院，感到大开眼界："整个校园，犹如一个大植物园，一幢幢仿古式的建筑：图书馆、游泳馆、教学行政楼、学生宿舍，就掩映在郁郁葱葱之中。"他提醒："不要以为生活在这座大花园里，学生们从此就不读书了。事实上，斯沃斯摩学生的拼命是全美有名的。偌大的校园空空荡荡。学生们都在哪里？在图书馆、宿舍里用功。不用功混不过去。在哈佛这样的大学校，一堂课上百个学生挤在梯形教室里，你一个学期不去听，也没有人管你。而在这里，每堂课的人数在一二十人左右，如同上研究生课，老师叫得出每个学生的名字，你不用功，课题布置的参考书不读一遍，下次课肯定过不了关。”这里的教学质量，绝对不可小觑。对照我国教育界，许纪霖感喟：美国的这些学院，“在(中国)这个教育大扩张的时代，真是值得那些充满激情的(中国)校长们再三玩味”①。

国人追求大，还表现为猛招狂招研究生，弄得硕士博士满坑满谷，学位急剧贬值。2005年5月9日上市的美国《新闻周刊》称：“5年内，中国将培养比美国更多的博士，也许他们不一定比美国博士更好，但数量也很重要。”②这话只说对了一半。中国培养的博士生数量增长的确惊人，有人统计，“从1978年恢复招收研究生和1980年建立学位制度至今，我国的研究生教育得到长足发展，在规模、质量和制度建设等方面都取得明显进步。近年来，全国研究生的招生规模快速增长，1998年全国研究生招生规模为7万人，2003年达26万人。博士生招生规模也在持续增长，2000年全国博士生招生数为25142人，到2003年博士生招生数已达到48740人。2001年，我国授予博士学位的人数是1.2万多人，2004年授予博士学位的人数达

① 许纪霖：《小的就是好的》，载杨东平主编：《大学之道》，238～240页，上海，文汇出版社，2003。

② 《美新闻周刊21个版解读中国 盛赞教育事业》，原载《法制晚报》，转引自http://edu.people.com.cn/GB/1053/3366525.html。

到3万人。预计到2010年,我国博士生培养规模将居世界第一位”。耐人寻味的是,“美国大学中博士学位授予数量超过700人的只有两所,培养规模最大的每年授予博士学位的人数约750人,哈佛大学、斯坦福大学等名校都不超过600人。而我国的一些高等院校博士生招生数超过1000人”。尽管“美国博士教育规模是世界上最大的,但10多年来,全美博士学位授予数量一直保持在每年4万人左右”。反观我国,博士生招生规模不断扩大,培养过程中近乎“零淘汰率”。且看“平均每个导师所带博士生数已从2000年的3个增长到2003年的5个。博士生导师中三分之二的人是既带博士生又带硕士生”①。博士生数量过快,博士生导师数量不足,于是教授职称越评越快、越评越滥,形成“教授满街走,博士多如狗”的奇特现象。我国学者姜义华曾云:“去年冬天,我在韩国讲学,听到韩国一些教授说:‘在中国取得博士学位太容易了,现在好多韩国学生都要去中国,花上三四年,就可以拿个学位回来。而在韩国,没有六七年功夫很难通过。不过这样一来,中国的博士便渐渐不被人看重了。’听了这样的批评,心中很不是滋味。这不是空穴来风。”②

① 顾瑞珍、张景勇:《政协委员韦穗:博士生的数量增加影响博士生质量》,http://news.anhuinews.com/system/2005/03/02/001147583.shtml。

② 姜义华:《警惕博士学位贬值》,载杨东平主编:《大学之道》,238~240页,上海,文汇出版社,2003。

话转回头，我国大学到处呈现急剧扩张态势，有学者指出："这种扩张呈现两种取向：一是学校办学规模上的扩大；二是学术研究范围上的拓展。为了有效扩张，大学各出奇招，以便在竞争中优胜劣汰。……在教育当局与教育学理论界大都以办学规模和活跃状态来判定大学是否进入'世界一流'的情形下面，国内大学，尤其是那些自以为可以迅速跻身'世界一流'大学的知名学校，更是急功近利地在办学规模上面下工夫。"①

难道大学之规模，真的是越大就越好吗？

巴葛爵士指出，大学的声誉来源，不在人多，"大学生数目的增多，不一定是可喜的现象，也许弊多于利，除非录取的新生程度很好；除非教授的心力与宿舍设备能与学生的人数同时添加。……从各方面看来，大学生的人数势必增加，只要甄选学生的方法够好，不埋没后起之秀；只要教授的人数与宿舍设备也跟着增添"。不是进了大学的人都能获得预期的教育，大学里总有些求知不甚热心的学生，即使为他提供了受教育的机会，他也是日子混着过。巴葛爵士警告说："不论我们如何盼望能享受大学教育的青年比目前更多，因为大学教育的精神是可贵的，但是如果我们不顾各大学容纳学生的限度，其结

① 陶人：《大学扩张的道德边界——中国大学如何维护自身的尊严》，载杨东平主编：《大学之道》，120～121页，上海，文汇出版社，2003。

果必定连这点精神都不能保存。我们原想令更多的人享受教育的益处,结果连这点益处也将化为乌有,所谓欲图益之,适足害之。要晓得够得上大学教授的标准的教师是有限的。而真正够得上大学程度的好学生也不很多。"①

可惜斯人已逝,不能对我国头脑发热的教育界人士耳提面命一番。即使斯人尚在,对这番话我国学人也未必听得进去。如今,我国"'大学'之'大'已经不是以它的学科引领能力之强、价值引导之确当、对社会发展的技术支持之强劲、学科布局之合理、组织结构之完整、组织之独立价值之显现来显示它的大,而是单纯将其定位在数量的庞大上、定位在肆意的扩张上面"②。放眼看去,我们的教育部门不顾大学的容纳力,一路狂招,招来的学生满坑满谷,造成教育质量滑坡、文凭贬值。有的大学教授,因为指导的研究生过多,与自己的学生相逢对面不相识,学生仿佛阿房宫女"一肌一容,尽态极妍。缦立远视,而望幸焉,有不得见者三十六年",足以留待后世传为笑谈。

## 现代大学之使命

巴葛爵士在谈到大学的功能时说:大学有三项任务:选拔英才;

---

① [英]巴葛爵士著:《英国大学》,张芝联译,37~39页,北京,商务印书馆,1948。

② 陶人:《大学扩张的道德边界——中国大学如何维护自身的尊严》,载杨东平主编:《大学之道》,120~121页,上海,文汇出版社,2003。

维持一般的文化水准;推进学术研究。他说:“一个现代的大学对于所隶的民主社会应当尽何种责任?我们可以分三方面来讲:第一是甄拔和训练国内优秀的知识分子,选择的范围要相当广。……一个现代的任务的第二方面是为整个社会保持文化的水准,这里面包括‘趣味’(taste)和真理的不移的准则——换言之,即培养‘美’的欣赏力与探求知识的虔心——真理与‘趣味’的法则——在任何社会中都是至关重要的,尤其是在一个充满了自由与动荡的空气的民主社会中。”那理由是:“今日的世界是以党派和党争的方式来解决政治的大问题的,我们应当有一些超然的机关以公平而客观的态度来研究政治,以探讨真理,以科学奥妙的慧眼来分析社会与政治的见解。再者今日的文学、艺术界,有目不暇接的各种诗派,新兴的有时近乎怪诞的画派。音乐圈里也有令人惊诧的新的表现方式。仿佛也该有一个机关能够保持千古不移的公正的审美标准才好。”要承担起这个功能,大学“惟有把偏狭的学术风气矫正过来,才谈得到保持或者帮同保持真善美的一般水准。惟有灌输青年人以广泛的知识,培养明达的人生观,大学才尽了提高文化水准的使命”。大学对于民主社会承担的第三项任务是,“推进学术与倡导研究”①。大学之特定职责,包括:为整个社会保持文化水准(官僚斫伤之),培养美的鉴赏力和对

① [英]巴葛爵士著:《英国大学》,张芝联译,22～25页,北京,商务印书馆,1948。

于知识的虔诚之心，以超然中立立场探索真理、分析社会、提出见解，建立一定的文化水准以砥柱中流，传播广泛的知识、培养明达的人生观，大学应避免学术流于偏狭；促进学术与倡导研究。

大学之良莠，取决于三个要素，一是大学有无大师和有多少大师，梅贻崎所谓“大学者，非大楼之谓也，乃大师之谓也”，说的就是这个道理；二是招收可造就的英才而培养之，英才并非就是中国内地各省“高考状元”，香港大学不就经过面试将一些省的“高考状元”淘汰出局吗？先有伯乐，然后有千里马，苟无伯乐，就只好如郑人买履，用高考成绩的死框框去硬套，揽到麾下的虽然高考成绩不低，却可能只是死记硬背的机械学生，既缺乏活力也缺乏创造力，况且高考成绩本来有一定偶然性，高考排名第一未必就是一流人才，道理至为明显。然而我国一些学校才不管这些，为了显示本校的吸引力，不惜每年派专人与“高考状元”接洽，以各种手段吸引他们报考本校，以为本校夸耀资本，择英才而教育之，不过是一句口号而已。三是培养出最好人才，招收进来的学生是一流的，这固然

梅贻崎

BY J. CHANG

重要，培养出去的学生是一流的更加重要。进来一条龙，经过几年教育，出去一条虫，这种大学真可谓暴殄天物。大学之优，优在教授，优在学生。所谓山不在高，水不在深，有仙有龙，方为名灵。大学的声誉，来源于能够聘得最好的教授和吸收最优秀的学生。大学的前途的恢弘光大，教授学生抱有信心，就不会出现知名教授移走的现象。

我们一些大学，似乎早把现代大学的使命忘到爪哇国去了。它们把精力投注在牟利上，大学被运作成企业，真正的功能却在一片铜臭气中湮灭不显。我国学者陶人指出："现代大学兴起之时，就带有因为现代社会高度发达的分工而有的专门教育机构的独特性，它与同样突张发展的现代企业这类经济组织，是具有非常明显的差别的。开办或发展现代大学，当然需要钱，因为对于现代大学的发展来说，集纳杰出人才和集聚教育经费，是一所大学能否办好的两个起码条件。但这并不等于说大学本身可以成为我们时下所说的'创收机构'，从而将自己与企业这种生产性的社会组织混为一谈。"不少大学"恰恰对于大学的知识化特征与经济化诉求没有审慎区分。这种对于大学机构特质缺乏起码的认知与敬重的学校，对于大学的健全发展无疑是危险的。记得几年前海外一个教育考察团到中国考察教育的市场化问题，就痛心地指出把学校轻率地推向市场，是政府不负责任的表现。几年过去了，假如现在大学自己却心甘情愿地出卖自己之成为自己的机构底线，那岂不是更令人伤悲”[1]。

大学只求牟利不顾培养英才、维持文化水准和推进学术研究，已经成为国内普遍现象。一些学生本无心向学，参加入学考试无非混个文凭而已，入学考试成绩也往往难负人意，大学为了牟取学位，一律照单录取，一些学生根本不听课，考试抄袭，学风为之败坏。有些人报考硕士、博士，无非志在仕途上发展得更好，也就是说，他们本为纱帽而来，学校以牟利为目的、导师以攀龙附凤为隐衷将他们招进门来。他们当中，固然有想学点新知识而潜心学习者，但敷衍了事混文凭的为数更多，有的高官令秘书代为听课和写论文，其他有的人三天打鱼两天晒网，哪有心思上课？凡此种种，都糊里糊涂地毕了业，拿了文凭。大学对这样的学生慷慨授予学位，何异乎卖官鬻爵？

我国大学里“上下交征利”的现象颇为严重。以法学为例，各部门法学研究，常随立法热冷而兴衰，立法之时，相关学科顿时热闹非凡。法律通过之前，一些教授带领博士生、硕士生已经在为即将通过的法律撰写速成教材，法律通过仅一周，诠释新法律的教材已经上架销售，这类书籍推出快，湮灭也快，无非是垃圾书目上又增多一本又一本而已。更有一些学者，大块的时间用到各类考试的辅导（如研究

---

① 陶人：《大学扩张的道德边界——中国大学如何维护自身的尊严》，载杨东平主编：《大学之道》，123 页，上海，文汇出版社，2003。

生入学考试、司法考试等)，只因这些考试辅导课程报酬奇高，对学问何尝见其孜孜以求？其实也怪不得他们，如今不少大学教师正常教学收入唯小康而已，有几个人还能耐得住清高不下网捕钞？巴葛爵士曾经感喟：“看着政府里一个小官员拥有满屋子的文牍员，而一个第一流的大学教授却独自在书房里钻研，这是个令人心酸的对照。假如我提出下面这个问题：谁有优先权去享受那个血液充沛的心房？那倒是一件有意义的研究工作。”[①]巴葛爵士可能不会想到，他所说的固然令人扼腕，但假如看到今天这些第一流的大学教授在书房里为了赚钱纷纷成为炮制低劣著作、教材的“商人”，岂不更感到气馁？

要完成大学的使命，潜心钻研的学生不可或缺。我国的大学，研究生真正有志于学术一途的并不多，他们报考和攻读研究生课程来获取硕士或博士学位，不过是为了谋一份好差事——最好是工作倍儿有面子、手中掌握权力而且任务不繁重、薪水又特别高的那种。有不少法学院研究生入学后无论上什么课都捧着大厚本的司法考试辅导书在读，老师在台上讲什么，基本无心去听，原因很简单，通过司法考试，找工作就多了有利于自己的砝码，怎能不特别重视？

大学本科学生近年来还有一个现象，就是学生喜欢离开学校宿

---

① [英]巴葛爵士著：《英国大学》，张芝联译，25页，北京，商务印书馆，1948。

舍到校园外居住，寻求清净。其实，正如巴葛爵士所言，大学的价值在于提供同龄人交流的机会，这种交流是通过他们朝夕相处达到的。一个大学生如果不住在校里，就不能享受与同学朝夕相处的进益与乐趣，也就不能获得他山之助。如此这般，又何必上大学？

英国的大学不但因同学间朝夕相处、相互促进而同学个个受益，也因教师与学生频繁接触而使学生获得提高。在英国，大学制度为全日制、寄宿制、导师制。导师制注重师生课外的接触，日夕熏陶，颇具特色，钱锺书《围城》就写了个动辄“兄弟我在英国的时候”的可笑人物，因受英国教育制度影响，在国内大学大力推广导师制。民国时期，我国学者感叹中国的大学“师生同堂数载，仍如陌路，所谓‘导师’，有名无实”[①]。我国招生规模巨大，到处人山人海，要实行师生日常性的课外接触，谈何容易。

## 没有学术自由，哪有世界一流大学

大学是学校之一种，我国古代的大学称为“太学”，现代大学则被认为是所谓“最高学府”。大学既为学校之一种，就其本意言之，乃是教学机构无疑。不过，大学除教学外，还有别的用途，那就是巴葛爵

① ［英］巴葛爵士著：《英国大学》，张芝联译，译者序，25页，北京，商务印书馆，1948。

士所说的：大学是思想自由和思想的自由表现的前哨，是保持文化的水准、维护品位和真理的基本法则。巴葛爵士强调，大学应当成为民主社会的一环，且居于喉舌地位。在外，政府给予每一教育团体以充分自由。

英国的大学值得夸耀的显著特征是它的自主性。巴葛爵士指出："英国的大学——不仅是英格兰的大学，苏格兰、威尔士、爱尔兰的大学都包括在内——有一个特点，这点十分重要，非马上说明不可。英国的大学没有一个是国立的，它们都是私人组织的团体——与它们的前身universitates（中世纪的大学）一样。现代的英国大学诚然须得到国王颁发的宪章后方始正式成立，不过这只是法律上的形式而已；在本质上，所有英国的大学都是独立的机构，即私人组织的团体，行政和财政都是自理的，聘请教职员及学校生活都不受外力干预。固然它们也受中央政府和地方政府的补助，但是政府发给补助并不附带严厉的条件，也不以约束为交换……即此一端就可把握英国人的精神。英国人在可能范围内总愿意在私人团体的圈子内活动，反不愿事事仰赖政府的提倡和推动。不但如此，他们既要求在小圈子内自由行动，又要求政府协助这种行动——协助而不干涉或思约束其自由。这句话听来似乎矛盾——的确矛盾——然而是实话。事实上，英国人特殊的行事方式中有一种——也许在大学生活中特别显著，但在别处也可以找到蛛丝马迹——就是脱离政府而活动，同时仍希望政府协助。真奇怪,也不合逻辑,但是就行得通。这就是为什么某一个作家说:英国大学是英国民族的创作,不是英国政府的创作,也不是英国政府的行动所创立,而是自由团体和这团体的自愿行动所创立。'英国大学的扩展',一位现代经济史学家说过:'是团体的扩展,而不是政府的扩展。'"[①]英国民族性中含有酷爱自由的成分,这种成分对于大学的自主性的形成起到至关重要的作用,这是不可不加以注意的。

巴葛爵士还说:"英国大学根本上是自主的,它们既不受辖于中央政府的教育部,也不在地方政府的控制之下。牛津、剑桥的行政一向操在学校当局的手中,这些人都是餐于斯寝于斯的。其他大学则模在双重的管辖之下,一方面是一个董事会,由校外人士及校方代表所组成,掌握校政的大端;另一方面是校务委员会,为教授及一部分教师所组成,管理纯粹的学校教务。董事会往往唯校务委员会的意见是从。在任何大学中,学校施政的方针总为该校的教员所左右,不论聘请教授或行政方面都是不受外力干预的。"[②]也就是说,学校的自主性有着体制、组织的保障。情况略为特殊的是:"得到政府特许而设立的大学,政府有权随时派人来视察,这种视察慰问采取皇家调

① [英]巴葛爵士著:《英国大学》,张芝联译,3～4页,北京,商务印书馆,1948。

② [英]巴葛爵士著:《英国大学》,张芝联译,11页,北京,商务印书馆,1948。

查委员会的方式,调查之后再组织一个制法委员会来推动必要的改革。不过非等校内已经酝酿着改革的空气,政府决不轻易委派皇家调查委员会,而制法委员会不但大部分是本校教职员,并且在制订改革计划时无不征求学校当局的意见。”[①]虽有皇家调查委员会和制法委员会,实际上无损于学校的自主性。其“政府决不轻易委派皇家调查委员会”一语,更反映出在民主自由的社会里政府行为的克制性。

大学的自主性一方面由管理体制加以保障;另一方面需要财政加以保障,没有财政的自主性,也没有学校的独立性。“英国各大学在行政上既是自主的,财政的调度也不容外人干预。”[②]财政上经费充足,大学可以自主调度,学术、人事才能不受制于人,大学方能取得独立的品格。

大学之独立,为思想之独立提供了条件。陈寅恪为王国维纪念碑撰写的碑文中“独立之精神,自由之思想”早已脍炙人口,那脍炙人口的原因在于思想自由是学术活力的来源。没有思想自由和表达思想的自由,养成的只能是御用文人和奴性学者。没有知识人的人格独立,就没有高品质的学术,在这种状况下,想要期望产生世界一流的学者和世界一流的大学,岂非缘木求鱼?

---

① [英]巴葛爵士著:《英国大学》,张芝联译,11页,北京,商务印书馆,1948。

② [英]巴葛爵士著:《英国大学》,张芝联译,11～12页,北京,商务印书馆,1948。

我国大学的旧恙至今未愈者，是对学校乃至对学术的束缚过多，将学术的活力降住。学校受外来的干预过多过硬，这并不是什么秘密，至今“在教育自治和政府管制松动方面前景不太明朗”①。昔者清华大学教授潘光旦先生尝谓：“第一，国家的统制应尽量的减少，特别是在大学教育一方面，政府和其他有组织的社会势力应自处于一个辅翼的地位，特别是在经济一方面，而于意识一方面应力求开放，避免干预。第二，应辨别教育与宣传是相反的两回事，宣传工作的扩大就等于教育工作的缩小，要真心辅翼教育，就得尽量的限制宣传。”②冯友兰于 1948 年 6 月 10 日在清华大学的一场学术报告会上说：“大学不是职业学校，不是宣传机关，也不是教育部高等教育司的一个科室，而是一个传授知识的一个部门，一个追求真理的研究单位，一个‘独立的，不受任何干涉’的专家集团。”③这些话，今天听起来仍有人感觉刺耳，也就难怪教育自治前景仍然暧昧了。不仅如此，大学本身对学术的束缚和干预也很多。最近几年这种干预的严重表现之一，是“学术干预过甚，使得教育出现新的‘大跃进’，到处争办一流高校，争‘博士点’，争国家重点学科，全是‘一流’，还有‘一流’

① 秦晖：《还教育更多的自治色彩》，载杨东平主编：《大学之道》，145 页，上海，文汇出版社，2003。

② 潘光旦著：《潘光旦文集》(5)，262 页，北京，北京大学出版社，1997。

③ 智效民：《清华大学与通才教育》，载杨东平主编：《大学之道》，182 页，上海，文汇出版社，2003。

吗? ……学者自有学者的自由周期,有积累,有突破,有高潮,有低潮,起起伏伏,很正常。行政权力要做的,是给学术发展搭建一个平台,像搞经济先要搞三通一平一样,而不是总在那里定指标,要政绩,急着'催化'什么。行政干预太多,经济就发展不起来,教育也一样"①。

我国各高校,都在争创"一流",势力雄厚者,打出的是争创"世界一流"的口号;势力单薄者,亮出的是"国内领先"的标语。大家各个争先恐后扩大规模,到处奔走跑"博士点""硕士点",却似乎没有哪一家在学术自由发展的条件上下大功夫。殊不知:学术自由是大学的活力源泉,没有学术自由,哪有世界一流大学?!

## 麒麟皮下的马脚

巴葛爵士将"推进学术与倡导研究"列为大学的三大任务之一。大学若不能以学术立足,就失去了自己应有的个性。学术研究需要由学者引领推进,学者本身应当潜心真正学问,研究高深问题。

蔡元培先生在就任北京大学校长的讲演(1917 年)中说:"大学者,研究高深学问者也。""求学于此者,不可有升官发财思想,'宗旨既定,自趋正轨'。"在 1918 年开学仪式上他重申:"大学为纯粹研究

① 朱学勤:《大学不要学术浮夸和"大票子"》,载杨东平主编:《大学之道》,143～144 页,上海,文汇出版社,2003。

学问之机关，不可视为养成资格之所，亦不可视为贩卖知识之所。学者当有研究学问之兴趣，尤当养成学问家之人格。”①不幸的是，一些年来，许多大学正与蔡先生的期望相反，成为养成资格之所，贩卖文凭之所。许多人本来爱上学不爱读书，到大学不过混个文凭，以便日后升官发财，四顾所见，都是蔡先生不愿见到的人：“平时则放荡冶游，考试则熟读讲义；不问学问之有无，唯争分数之多寡；试验既终，书籍束之高阁，毫不顾问；敷衍三四年，潦草塞责；文凭到手，即可借此活动于社会”，蔡元培对这种现象的质问仍然值得思考：“岂非与求学之初衷大相背驰乎？”②

蔡元培

其实，这还不是最令人揪心的。真正的危机在于，大学呈现“上下交征利”的现象，在名利面前，华南华北华东华西，“已经放不下一张平静的书桌了”。

有一位署名“超级网虫”的家伙在互联网上发了一张帖子，云：“大学是西方教育发展的产物，而中国的大学是学西方学来的。算起

---

① 蔡元培著：《蔡孑民先生言行录》，148～151 页，桂林，广西师范大学出版社，2005。

② 蔡元培著：《蔡孑民先生言行录》，149 页，桂林，广西师范大学出版社，2005。

BY J. CHANG

来也有 100 多年的学习史了吧？怎么到今天我感到中国的大学还是没有大学的味道。首先大学是非常强调自主(autonomy)的，但现在的大学怎么说也不是自主，整个大学成了附庸，所有的学生和老师也毫无自主可言。其次，大学是非常强调人文关怀的，但我们的大学到处是充满了生物竞争的惨烈场面，根本谈不上人文关怀。再次，大学最主要的是学术氛围，理想的人格空间和自由思想的追求过程，但今天的大学不仅没有了学术味道，反而成了学店。教师脑子想的完全是钱，大腕经济学家、科学家都是看着钱在说话，思想的自由完全被金钱自由所取代。如此等等，不一(胜?)枚举。反正我觉得我们的大学像个低劣的文凭加工厂。所有的大学包括北大清华概不例外。悲剧!"①从语气、内容看，这位"超级网虫"应为一所大学在读的学生，他讲的这番话说出了许多人的心声，可以说是切中肯綮。

近年来各种媒体披露的学界多少光怪陆离的事件，足以证明这样一个简单事实：学界乃是一大名利场。既是名利场，自然也就像自古以来的官场一样，有许多污浊的空气，其间许多荣耀的职位、可敬的声名是通过不荣耀、不可敬的手段获得的。

在我国，教育机构官气颇盛，不仅大学里充斥着官僚，而且也充

---

① http://www.heyunfeng.com/cgi-bin/bbs/bbs1.cgi?menu=show&id=scholar&sltti tle=20051227205208。

斥着官僚习气，官本位的现象成为人们诟病的对象之一。许多学者热衷于做官，学术上有了名气之后就到机关去走仕途，或者在学校内坐帐执掌帅印，发号施令，“学而优则仕”成为近些年来学术界的突出现象。学者热衷于作官的主要原因是有官位的学者可以获取和掌握更多的学术资源，直接参与甚至主导学术资源的分配，而且官职也成为社会评价一个学者学术地位的指标，有如此这般种种利益，怎么能让我们的学者、教授们坐得住呢？至于为了一争官职的高下而钩心斗角、负气出走等类，真不知凡几。有人批评说：“目前，‘官’对于许多大学教师来说，是一块有巨大吸引力的磁石。在有的名牌大学的有些系里，尊重学问和学术权威的传统还在，系主任远远没有名教授那样受人尊敬。尽管如此，作个系主任、处长什么的官儿，并不是没有人干，而是像‘臭豆腐’，都说臭，却都想吃，一吃就上瘾。而在多数大学里，系主任则是威风十足，对于人们的吸引力就可想而知了。为了做个系主任、系副主任、处长、副处长什么的官儿，不知道耗费了多少人的聪明才智。每当领导班子换届之时，便会出现一场激烈的明争暗斗：小报告、匿名信、诬告诽谤、造谣中伤、相互串联结党、走后门、逢迎讨好……无所不用其极。”[①]可以这样说，学术要真正繁荣与

---

① 作者未署名，载 http：//www. heyunfeng. com/cgi－bin/bbs/bbs1. cgi?menu＝show&id＝scholar&see＝1。

自由，不可不祛除教育机构的官气，实现教育与学术机构的民主。

在获取名利的“登龙术”中，最容易留下把柄进而把自己弄得灰头土脸、斯文扫地的，是学术不诚实——说得明白些，就是剽窃。剽窃是最容易被识破的，这是因为玩这套把戏的，都留下了书证。这就是为什么学术圈是是非非一年又一年，曝光最多的是这一类丑闻。①好在我们的社会从来没有失去正义的力量和呼声，媒体和勇于揭露学界不良现象的个人显示了自己的道德勇气。剽窃事件接二连三被揭露，聚光灯照射那些为人师者，让学界看清自己的“一场烂污”，使学术规范化的呼声一波又一波高涨，形成鼎沸的舆论，这肯定有助于学术界自省并改善，使大学和研究机构恢复它曾有和应有的寂寞、宁静与尊严。

潘光旦先生曾引述美国哲学家威廉·詹姆斯和英国哲学家歇雷(Schiller)的话说：教授乃学问之大敌。这话说得很妙。学问离不开学者，但学者党同伐异、压抑学术竞争、制造学术垄断、争名逐利，不但于真学问无益反而有害。中国教授“大多数除了介绍西方几本教

---

① 学术圈是是非非的一年，新闻不断，这些新闻还有两类，一类是相行教育制度存在的沉疴，这些被认为“患了病”的教育制度若不受到挑战，其弊端也许要长期得不到祛除。得到受到陈丹青、贺卫方教授等人挑战，引起许多人的共鸣。还有一类涉及社会公平的实现，如甘德怀事件就为决定一个人命运的研究生入学复试的公平性引起关注、北京大学法学院一教授在课堂上公开激烈抨击自考生考入北京大学读研究生，也引发了社会对于歧视问题的广泛议论。

科书以外，本来不做什么研究，在某行学问上不预备生什么净利。他们所以为学问之敌者，却在他们以教授自居，人家也口口声声的用教授两字捧他”[①]。我国教授之多，真如过江之鲫；学术创新之难，却如唐僧取经。“欧美各国大学的学生未必如何特色，收取学生的条件未必任何严密。然教授的资格却非同小可。在德国制度之下，从试教到正教授，中间要经过十数年或数十年的磨难和谨严的学者生活。美国的制度比较似乎宽些，然而相当的年限也少不得。从助教，副教授，到正教授，决没有躐等的，更没有刚从大学或大学院出来一跃而为教授的。做别的事也许可以不讲资格和经验，学问是积铢累寸的东西，非讲不可。中国近来的大学，既如雨后春笋，应运而生的教授当然比春笋更要多了。”[②]这话虽然是就民国时期大学和教授而言，放在今日，却丝毫不爽，比如将最后一句稍改一下，变为“中国近来的大学法学院，既如雨后春笋，应运而生的法学教授当然比春笋更要多了”，此言辛辣，真是切中时弊。洪自诚云：“名心盛者必作伪。”(《呻吟语·修身》)当大学职称可以连升三级，只要有专著出版、论文发表；当大家既不能以短平快的方式获得真经，又不能甘于寂寞，使眼睛盯着香肠，阮囊羞涩，心里只能想想毕加索；当在垃圾学术能够带

① 潘光旦著：《潘光旦文集》(2)，11页，北京，北京大学出版社，1997。

② 潘光旦著：《潘光旦文集》(2)，11～12页，北京，北京大学出版社，1997。

来与真学问所带来同样的地位、名誉的时候，大量制造垃圾学术的现象充斥还值得大惊小怪吗?!

《英国大学》的译者张芝联曾感叹："教授——啊，失去尊严的称谓!"[①]这话放在今日，谁谓不宜?!

梁实秋先生谓："有许多人，把所有的大学教授都看得很重，以为他们在品行上都是很清高的，在学问上更不消说。只要认清'博士''硕士'的招牌，便不致误。其实这是误会。由这种误会也许产生出许多失望和悲剧。"在学界的水源受到松花江式严重污染的时候，人们看到一些学者、教授"麒麟皮下的马脚"。各种媒体为学术界描绘了一幅画像，学界若揽镜自鉴，会发现不知从何时起自己的形象变得如此不堪，若能就此汲水自净，则中国学界清明之日或许可以尽早到来。

也许我们的学术在最终规范化之前，必然要走过有许多乱象的时期。有人喜欢引用狄更斯的话，称我们的时代是最好的时代也是最坏的时代，从学术界的诸多丑闻本身和对这些丑闻的媒体报道和社会舆论，体会"最好的"与"最坏的"这一对矛盾的修饰语，对比我们的时代现象，当会感到颇耐咀嚼。

---

① [英]巴葛爵士著：《英国大学》，张芝联译，译者序，2页，北京，商务印书馆，1948。

## 结语

我国大学乃至整个学术圈，既有学术热闹繁荣的一面，也颇多沉疴新恙。正视这些问题，才能产生疗救的希望。巴葛爵士的《英国大学》不妨作为医生的忠告，我们用来诊断自己，并自我救治。

巴葛爵士称"教育制度是活的东西，与一国的文化和社会的需要密切相关"。读他的书，还应将一国之大学现象同该国家之文化现象联系起来品味，我国的大学决非空中楼阁，它所在的环境，立足的土壤都对它有着潜移默化的影响，把眼界放宽，就会意识：大学之问题，岂仅是象牙塔内的问题？大学之病，不也是与社会病症一样吗？

我们的社会在发生变化，有不好的现象翻滚，也有好情况出现。许多人关注社会变革时期存在的各种不良症状，试图加以改变。社会就是这样在一步一步前进。

这样想来，狭小的书房里忧思与希望弥漫。

# 第二辑

## 烂苹果落到头上

官僚化的权力体制造成了权力过分集中于上司，又缺乏对过于集中的权力的制约，以及官僚体制内责任过于分散、低劣化的官僚结构不利于选贤任能，都是权力腐败的体制原因。除了体制原因，缺乏完善的制度控制和外部制约（特别是新闻舆论的制约）也是权力腐败的原因。苹果在这个制度环境下，就从一个霉斑很快烂下去。

# 鬻棺原理

马克·吐温说过一句诙谐的话："人是上帝在周末疲乏时造出的动物。"意思是，人是不完美的。

人之不完美，有许多表现。症状之一，是容易中"权力的蛊毒"：人们抵御权力诱惑的能力是差的，一旦掌握权力，往往专权擅断；为了追求权力，常常不择手段。只有存在健全的他制他律机制的情况下，人们才能自制自律。没有健全的制度，想要使每一个掌握权力的人都自制自律，或者使每一个追求权力的人都"费尔泼赖"，实在比登天还难。完善制约权力的各项制度，必要性就在于此。

在权力行使过程中，实行利益规避制度是保障执法公正的重要手段之一。利益规避制度建立在对执法者受利益支配而易于滥用权力的天然倾向的深刻体察上。这种倾向，是人自利天性的表现。

对于自利天性，唐太宗可谓明察，他对侍臣说："古人云：鬻棺者，欲岁之疫，非疾于人，利于棺售故也。今法司核理一狱，必求深刻,欲成其考课。”意思是,卖棺材的总盼望瘟疫流行,不是因为痛恨别人,而是为了使自己的棺材热销。执法者审理案件,为了使自己功绩卓著,总是严厉刻薄。唐太宗还忧心忡忡地说:“夫做甲者欲其坚,恐人之伤;做箭者欲其锐,恐人不伤。何者?各有司存,利在称职故也。朕常问法官刑罚轻重,每称法网宽于往代。仍恐主狱之司,利在杀人,危人自达,以钓声价,今之所忧,正在此耳!”也就是说,权力一旦被滥用就会导致祸害,一些执法者一旦得以通过多杀人而取得利益,就会危害别人而谋求仕途通达和钓取声名。

古代的事例太过遥远,不提也罢。手头正有一个当代例子,证明唐太宗所言不虚。

据报载:2000 年 7 月,某市公安局在公安部开展的“追逃”专项斗争中,如若完成 50%以上的抓捕率便会获得重奖,为了达到这一指标,竟将 11 名无辜群众充数列为逃犯上网通缉,造成一名无辜者被捉进看守所非法拘禁近 20 天。

如今,办假案的责任人已受到检察机关的刑事追诉。亡羊之后尚需补牢,该是考虑在制度上防止这类事情再次发生的时候了。

这一实例提醒我们,权力有一种本质会强化当权者骄傲自大和贪图名利的思想,而执法权力更是隐藏着侵犯性,有时会危险到剥夺人的自由甚至生存。人的本性当中含有谋求自我利益的成分,认识到这一点是完善各种制度的前提。制度的作用应体现为,一方面保障人在正当欲求的引导下谋求正当发展而不加以抑制、阻断;另一方面对于贪欲可能造成的负面作用加以制度上的预防,防止人的贪欲造成国家、社会以及他人的损害。

唐太宗所谓"鬻棺者,欲岁之疫,非疾于人,利于棺售故也",可以称为鬻棺原理。懂得这个原理,便可窥破人心。

## 小鸡原理

经济学中有一个原理，谓之“小鸡原理”。按照这个原理：甲乙两人打赌赛车，规则是：在同一线路上相对高速行驶，如果谁临场胆怯避让对方驶来的车，就被讥诮为“小鸡”（意思是“懦夫”）。对于赌博的双方来说，存在四种可能性：

双方都不避让，车毁人亡，成就了一对“英雄”；

甲避让，乙不避让，甲成为小鸡，乙成为孤胆“英雄”；

甲不避让，乙避让，甲成了孤胆“英雄”，乙成为小鸡；

甲乙都避让，两人都成为“小鸡”。

显然，对于甲或者乙来说，要无代价成为英雄，就要依赖于对方的胆怯和临阵退让，但对方是否临阵退让，却无法预知，万一判断有误，有可能车毁人亡。如果双方都豁出命向对方撞过去，他们付出的代价最大；如果双方都避让，付出的代价较小，不过被嘲笑为“小鸡”而已，第二天的阳光仍然照在脸上。所以，万全的办法是任何一方都不存侥幸，明智地让步了事。

利益冲突的双方通过让步达成协议，通常是由不确定性和危险性决定的。由于无法确切地预见某一期望结果的发生，而且清楚地知道那个与所期望相反的结果意味着付出沉重代价，这就为他们各自向对方作出让步以换取较低期望值的结果提供了条件。

一些法律专家津津乐道的“辩诉交易”的背后，就埋伏着“小鸡原理”。

辩诉交易(plea bargain)是一种认罪谈判。是由检察官与辩护方进行谈判，谈判的内容是检察官降低起诉、被告人就检察官期望的次级罪名认罪，控辩双方的谈判一经法官批准即产生定罪效力。在对抗制诉讼的国家，辩诉交易颇为盛行，例如在美国，95%以上的刑事案件是通过这个办法解决的。国人初次听到这个数字往往咋舌。

辩诉交易能够如此盛行，表明控辩双方的协议是不难达成的。何以如此？奥妙就在于：陪审团进行的审判，审判结果具有高度的不可预见性。这意味着控方或者辩方期望的结果可能随着陪审团团长对评议结论的朗声宣读而霎时化为泡影。为了避免这种危险的发生，一方与另一方达成双方可以接受的协议，当然是明智的。当公诉人有绝对的把握使自己的指控得到完全、彻底、无条件支持时，很难想象他会舍重就轻；当被告人绝对确信自己将被判决无罪时，趋利避害的普遍心理不会使他甘心与控诉方达成认罪协议。

to be or not to be, it is a question

陪审员与职业法官相比，有明显缺陷。这缺陷就是：陪审员作为外行法官，其司法理性不足，他们有时过分依赖于直觉，而且容易被控辩双方的法庭技巧迷惑，因此，在由陪审团进行审判的案件中，控诉方仅有确实、充分的证据是不够的，缺乏足够的法庭经验或者举证、辩论失误，也会惨遭“滑铁卢”。在实行职权主义诉讼的大陆法系国家，这种危险性就要小得多，这是因为控辩双方所面对的是深具法律素养，富有法庭经验、积极探索事实真相而且不易被控辩双方的法庭“伎俩”蒙蔽的职业法官。

辩诉交易能够被接受为一项常规、合法的做法，与陪审团制度的高成本、低效率密不可分。此外，将刑事诉讼等同于民事诉讼，刑事被告人的承认具有与民事当事人的承认同等的法律效力，也是重要的决定因素。

在我国，审判活动是由职业法官进行的。而且，由于诉讼活动的实际重心在侦查阶段，案件经过长时间的侦查和审查起诉，认为“事实清楚，证据确实、充分”才提起公诉（如检察官认为手中的案件属于疑罪案件，依法依理他根本不应起诉），判决结果的可预见性很高，有



BY J. CHANG

罪判决的比例甚至接近百分之百。两相比较，我国刑事审判中的确定性与美国刑事审判中的不确定性形成鲜明的对比，美国刑事诉讼中无罪判决率有时高达30％，因而，在美国大行其事的辩诉交易在我国究竟有多少应用的余地，令人疑虑。

当你将两辆相对疾驰的车置于同一条直线上并且谁将避让难以预见时，给双方一定的回旋余地也许是必要的。如果这两辆相对疾驰的车是在各自的直线上或者谁将落败一目了然时，奢谈确立辩诉交易制度就有些不智。

何况，在中国这种人情味浓厚的社会，让辩护方与控诉方进行“交易”，即使有法官从中制约，其前景也不免令人忐忑。

## 追问布莱克斯顿

英国法学家威廉·布莱克斯顿曾言："十个罪犯逃脱要胜于一个无辜者遭殃。"

对这句话的理解是，刑事审判的立足点是保护无辜者不被错误惩罚，为了保护一个可能的无辜者，即使放纵十个真正的罪犯也在所不惜。

俄国思想家赫尔岑也曾表达过同样的思想，他说：如果坚持合法办案会让一百个贼跑掉，那就让他跑掉好了，"让一百个贼跑掉，也比大家都像贼一样躲在家里瑟瑟发抖要好得多"。

这种观念在西方早已根深蒂固。人们认为，惩罚犯罪，先要发现案件真相，但追求真实不能不受正当程序的约束，违反这一程序去发现案件真实，即使确实达到了目的，惩罚了个别的罪犯，也为侵犯公民个人的自由打开了大门，会促成人人自危的极权社会的形成。如果现有的证据表明被告人有犯罪嫌疑，但又不足以证明其有罪，那么，判决被告人无罪是最好的选择，这样做固然有放纵真正的罪犯的危险，但却是保证无辜者不受错误惩罚的唯一可取的方法。

这种观念当然不错。不过，静心一想，也许该追问一个问题，那就是：罪犯逃脱之后会怎么样？

在美国，有的学者对布莱克斯顿的话提出这样的疑问：

> 布莱克斯顿写这句话的含义是什么？如果无辜的人落入这十名逍遥法外的罪犯的手中，他们必定会受尽折磨。对此，你认为布莱克斯顿又该做何解释？我们是不是太拘泥于布莱克斯顿这句话的字面含义了？

美国影片《人人得享正义》(*And Justice for All*)中的一个情节，为这个疑问提供了一个很好的注脚：一名律师为被指控犯有谋杀罪的艾尔·索门辩护，他以警察违法办案为理由为被告人辩护。这是个成功的辩护，被告人被无罪释放。一天凌晨两点，这位律师喝得酩酊大醉，来到他的合伙人家里，他告诉那个合伙人：索门被放出来后，在当天午夜12点的时候，又杀死两个孩子……

这个令人震惊的事实说明，秩序的维护颇为重要，在合法的基础上应当尽可能发现案件的实质真实。在秩序与自由、实质真实与正当程序之间，有时存在此消彼长的关系，这一关系需要进行妥善处理，如果处理不当，社会要付出的，可能是无辜者生命、自由和财产的丧失。

看《人人得享正义》，想起伊索寓言中有一则，云：

> 有个牧人弄到几只小狼，细心地抚养着，以为养大了不仅可以保护自己的羊群，还可以把别人的羊抢过来。小狼很快长大了，却大胆咬死了牧人自己的羊。牧人叹道："我真是活该！狼长大了，都该杀死，我为什么偏要救活这些狼崽子呢？"

同样，那些救活坏人的人，正是无意中加强了坏人的力量，首先于自己有害。

我国当代法学原本是重视保障无辜者的，但强调的不是"可能的无辜者"而是查明事实后确认的"真正的无辜者"，与之相应，"十个罪犯逃脱要胜于一个无辜者遭殃"之类观念却是缺乏的。如今，布莱克斯顿的话也为很多人所熟悉了，这一观念也被逐渐接受下来。不过，旧有的惯性还在推动着司法机车在旧轨道上继续滑行，尽管刑事诉讼法确立了"疑罪从无"原则，但对于一些重大的疑罪案件，却仍然是"疑罪从轻"。常见的花样是，将一旦查明为真实将判死刑的案件因"情事有疑"而判为死刑缓期二年执行。可见，"转变观念"作为一句口号在两唇上打磨几下并不难，真要落实在司法实践中却非易事。

学者们的观念转变要容易得多。不过，学者们的观念转变有时却失之于太急太猛，有的从一个极端挣脱出来之后立足未稳又撞向另外一个极端，比如，原来还是"重实体，轻程序"，如今又忽然"重程序，轻实体”。在“程序至上”的口号下，认为实体正义谁也说不清楚，实质真实、秩序等价值无足轻重；只有程序公正才实实在在、可以把握，只有自由才值得追求。

实际上，布莱克斯顿的话不应当被理解为发现事实真相在刑事诉讼中并不重要。他强调的是，必须以正当手段去达到发现真实的目的，当真实尚未发现的时候，不能直接拿着“具有一定合理性的怀疑”当作事实来判定一个人有罪和处以刑罚。英美国家的法律制度和司法运作，并不是轻视实质真实发现。英国的法官在处理实质真实与正当程序的矛盾时采取“权衡原则”，并非一味将正当程序置于实质真实之上。美国人在宁愿牺牲实质真实也要维护正当程序的态度上比英国坚决，一方面是考虑到，自由具有重要价值，应尽心呵护；另一方面是考虑到，除违法行为外，发现实质真实有着“理性的其他可取代的方法”，阻绝违法办案之路可以迫使执法人员以正当程序去寻求实质真实发现。美国联邦法院对非法证据排除规则的例外的种种规定，表明它也在努力使两者达成平衡。

看不到这一点，抱着修复正义的愿望去，只会达到颠覆正义的效果。

## 不快的联想

我国法律学人著文讲话引用西方人的隽言警句，是一种时尚。那些脍炙人口的隽言警句，言简意赅地说明一些道理，句子虽短，常常有直指人心的力量。不过，近年来一些学者每每引用的一句美国著名法官的话，却使我有不快的联想。这句话是："不是因为正确我们才有权力，而是因为有权力我们才正确。"

笔者见识浅陋，又没有查过原文、出处，理解上也许有误，不敢妄加断言，所以只就这句话带给我的联想说上几句。

美国法官霍姆斯

因为有权力或者有权威才正确，对于诉讼来说并不难理解。乌尔比安在《论尤里亚和帕比亚法》第1编中提出了一句著名的格言："已决案被视为真理。"这一格言表述的是既判力，即判决一旦生效就取得了不可推翻的效力，没有法律规定的特定理由，不能改变或者撤销业已作出的生效判决。这一“真理”是司法权运用的结果，是法官行使审判权对案件作出生效裁决，至此发生了纠纷造成不稳定的某一社会关系变得明晰和确定，为了避免判决过的社会关系上再起波澜、防止当事人缠讼，同时为了维护法官的权威，生效判决被视为“真理”。

维护法官或者司法权的权威当然是必要的，“将已决案视为真理”的原则要求对诉讼程序的自治性保持足够的尊重，防止随意纠正已生效判决(它足以使司法独立带来的公正性毁于一旦)。若不是这样，则审判者始终处于被审判的状态，任何机关的决定都可能受到来自上级机关的追究或来自下级机关的反追究。无论是追究还是反追究都可能带来严重的后果。

不过，视为真理不能在实质上等于真理，法官判决的真正权威在于它实质的公平性、正义性，也就是按照法律的程序对案件的证据、事实进行正确的认定，并且准确适用法律作出正确的裁决。如果自以为有权力，依仗由权力产生的权威进行错误判决却拒不改正甚至不允许人家怀疑和质疑，就如泰山石敢当一样，只会焕发出专制土皇帝的味道。

初次看到这一名言警句，联想到鲁迅在《略谈香港》一文中的一段话，说的是：“在香港时遇见一位某君，是受了高等教育的人。他自述曾因受屈，向英官申辩，英官无话可说了，但他还是输。那最末是得到严厉的训斥，道：‘总之是你错的：因为我说你错！’”

“我说你错”，所以你错，不管你实际上是否有错，因为权力在我手里——这种有权有真理、权大真理多的思维模式我们再熟悉不过。在我们的社会里，还可以用诸如“什么法？老子就是法！”之类豪言壮语来表达同样的意思，它的“逻辑”关系是：掌握权力的人员既然有权，就没人管得了，所以就言出法随；既然言出法随，老子就是法；既然老子就是法，那老子的所作所为还会错吗?!

我想，当那位著名法官在说“不是因为正确我们才有权力，而是因为有权力我们才正确”的时候，他肯定没有一点专横或者为专横张目的意思；我们的法律学人们在征引这句话时，也肯定没有一点赞赏专横的意思。但这句话不放在特定的语言环境中，或者作出必要的解释，实在显得有些刺目，很容易让人误解。

但愿听了或者读了这句话的人不会把它理解为“总之是你错的；因为我说你错”吧。

阿门！

# 德肖维茨定律

英美国家的对抗制诉讼是竞技性诉讼，在竞技性诉讼中，裁判者只关心形式规则是否被恰当遵守，不必关心事实真相。对于他们来说，全部职责就是根据一套形式规则来裁决谁胜谁负。裁判者决定胜负却又无须为发现案件真相负责，法官就取得了超然地位，成为诉讼中既有权威又不必负重的角色。他要回答的是谁胜谁负并且加以解释，至于判决是否符合事实真相，他不知道，也不必关心。他泰然处之的场域是一个纯竞赛的世界。

这种诉讼模式为被告方进行防御提供了广泛空间，但它在20世纪的运作也导致了美国律师的道德危机。这种危机与对抗制诉讼过分注重诉讼竞技有密切的关系。在一场纯竞赛的诉讼中，许多律师追求的只剩下胜诉，无论这种胜诉是否符合自然正义（natural justice）。一位美国律师如是说："最令人兴奋不已的是你有错时打赢了官司！"

美国学者威廉·F.梅曾经指出，对抗和对抗制是一些职业者牟利依赖的机制，为了牟利，他们往往夸大对抗的对方的危险。例如："律师为其委托人受可能失去自由和财产的威胁而斗争时，常常利用该危机的严重性。……于是，诉讼成了受害当事人的一种生活方式，而律师的权利、控制和收费便相应地增多。"我国学者黄列谈到这一问题时也指出："美国特有的诉讼对抗制培养律师成为雇用或唯利是图的工具，使一些律师可以在诉讼中不顾道德准则和事实真相，一味追求胜诉。此外美国司法制度的规则又鼓励律师精于诡辩。因此，诉讼常常提供撒谎、欺骗和错误导向的周而复始的诱惑。"这促成美国律师以各种各样的巧妙手段来千方百计地达到胜诉的目的而不顾对公正的损害。例如："有些律师单凭经验办事，即击垮讲不利真相的证人，扶持讲有利信息(不论是否真实)的证人。""虽然反诘问是诱出真相的最有力的手段，但骚扰式反诘问却是获得真相的最大障碍之一。在嗜好赌博的诉讼中频繁出现的是利用侮辱、含沙射影和使证人不知所措来阻挠证人作证，以达到掩盖事实真相的目的。"此外，还有诸如提起无意义的诉讼、进行漫无目标的起诉、提出战术性反诉、使用讼棍伎俩和拖延战术、滥用"要求告知"原则、挫败证人，等等，不一而足。

在对抗制诉讼中，"决定一切的是成功与否，而不是正确与否"。正是由于这个原因，美国民众对于活跃在他们周围的律师又爱又恨。

在一些引起公众瞩目的刑事案件审判中，他们常常为辩方律师使用“卑劣”的技巧赢得胜诉而感到愤怒，他们认为辩方律师是“正义的障碍”，“老是用那些特权、权利与技巧去排除相关的证据，去模糊对被告不利的事实；如果他们是受聘雇而非指定的，他们就能够从这种恶魔的工作获得报偿。”正是这些技巧最终让“有罪的当事人逍遥法外”。在O.J.辛普森案件审判后，哈佛大学法学院教授、辛普森辩护团成员德肖维茨接到一位素不相识的人的来信，信中表达了对辩护律师为辛普森脱罪的不满：“老鼠从最小的缝隙逃掉，你的每个卑劣伎俩也是这样。在你看来，‘正义’只是一场游戏——没有其他的东西了。你也知道的，正义早就被冲落马桶。整个审判根本就是浪费时间。……你和你的同伙都臭气熏天。呸！你不是为了正义服务的。”

德肖维茨就此进行辩解说：“刑事审判绝不是单纯地追求真实。当辩护律师代表一个确实有罪的当事人时——就如大部分的情况下——他们的职责是尝试用所有公平且合乎伦理的手段，来防止有关当事人有罪的事实被浮现。如果做不到这一点——无法或者不愿去反对那些不当获得的事实——就是失职。”“不论你喜不喜欢它——我喜欢它——这是我们的宪法以及法律体系对辩方律师的要求。”德肖维茨还辩解说，就一个辩方律师的伦理而言，他“应当尽力用所有合法的与合乎伦理的手段，让被告获得无罪判决。他们不能够有其他的打算。他们不能将爱国心、公民的善良责任、宗教、性别或种族认同、或其他任何的理念与承诺，看得比其当事人更重要”。不过，德肖维茨也强调，对抗制的法律体系坚持“合法和符合伦理的手段”，那些试图用不合伦理或不法的手段来防止真相大白的人，是“低劣的”，也就是“那种行为举止通常不符合专业且适当辩护角色的人”。

不过，德肖维茨承认，在司法审判中，没有人需要正义。

这句话说的还不完全，应该是：除非对自己有利，没有人需要正义。

我称它为“德肖维茨定律”。

# 烂苹果定律

权力腐败循着“烂苹果”定律而发生：

当一个权力系统中某一个人出现腐败行为而没有受到惩罚，即口袋中出现一个烂苹果，这个“烂苹果”没有被淘汰出局，很快就会有其他“苹果”受到传习和鼓励，他们的自我压力会减少，也随之出现腐败行为，直到所有的“苹果”——如同真的苹果那样——都腐烂并同口袋烂到一起。这就是为什么一旦揭开权力系统的盖子就会发现许多官员结成了腐败网、他们烂到一起（费正清所谓“系统化的腐败”是也）。

烂苹果落到头上

权力腐败之所以会愈演愈烈，就是因为腐败具有很强的传染性。

按照心理学理论中驱力降低作用的原理，个人行为由一些基本的内驱力（如饥、渴等需求）激发并且是内在心理张力的结果。有机体通过满足导致这种内驱力的基本需求来缓解内驱力。某些行为方式可以导致这一目标的达成，而另一些则不能。那些导致困境且不能满足需求和缓解内驱力的行为方式必须摈弃。如果不是这样——该有机体坚持重复做这种行为——就会毁灭自身。实验心理学表明：在动物和自我导向的人类不断摸索学习以求缓解内驱力的过程中，取得成功的最后一种行为方式倾向于在接下来的尝试中被重复。多次重复这种行为，并且刺激的情境反复出现，便会形成一种习惯。权力场也是一样，当政府官员有利用手中权力去获取私人利益的欲望而又没有对这种权力的有效制约和监督时，行使权力状况的恶化就是必然的。这会对其他人树立一种“成功”的范例，刺激他们去效法。

权力腐败的普遍性是社会道德式微的结果，反过来也会进一步造成社会道德的沦丧，社会道德的沦丧又反过来减轻了人们对腐败的道德压力，出现良心结冻的心理现象。整个社会的逐利氛围促使掌握权力的人抱有获得高酬报的强烈欲望，当正当渠道无法满足这种欲望时，他就可能通过不正当行使权力来获得取个人私利。随着腐败现象的蔓延，官员的道德感会变得麻木。当非法利益的诱惑占上风时，腐败就到了“非整治不可的地步”。

在这个过程中，有些人仍然廉洁，但只要腐败的风气蔓延到一定程度，特别是掌握僚属命运的岗位被腐败者占据的时候，就会出现“劣币驱逐良币”的现象——清廉者受压抑，他们被排斥在权力的核心系统之外，成为“吃不开”的人。郑观应在《盛世危言》中摹写了这一境况，谓贪官：

> 但能博上宪之欢心，得同官之要誉，则天变不足畏，人言不足恤，君恩不足念，民怨不足忧。做官十年而家富身肥，囊橐累累然数十万斤在握矣。于是上司荐之曰干员，同僚推之曰能吏，小民之受其鱼肉者，虽病心疾首，钳口侧目，而无如何也。

清官正相反，“上官掎之，同寅笑之，众庶疑之，必溃其成而后已。”

BY J. CHANG

# 没有坏人，就没有好律师

英国小说家查尔斯·狄更斯曾言："没有坏人，就没有好律师。"意思是，不要以为只有为无辜的人辩护的才是好律师。即使是巨奸大恶，也应当有自己的辩护人。

不过，历史上，民众谴责辩护律师为声名狼藉的人做辩护的事例并不鲜见。例如1902年，英国著名律师马歇尔·霍尔出庭辩护，他的当事人居住在曼彻斯特，因允许妓女聚集在他的喜剧院拉客卖淫而遭起诉。一位牧师谴责马歇尔·霍尔说："喜剧院发生的那桩案子是曼彻斯特有史以来最可耻的案件之一，而作为在南港这样一个宗教故乡出生的议会成员，马歇尔·霍尔居然为那个人出庭辩护，连我们也为此感到害臊。"马歇尔·霍尔曾云："律师就是社会的公仆，就像任何人都可以请大夫为遭受病痛折磨的病人施行手术一样，律师也可以接受任何人的请求。"这种对辩护律师的敌意同样发生在纽伦堡审判纳粹战犯时，当时"德国人走遍各地搜罗他们想要的律师，包括纳粹分子。辩护律师是有报酬的，法庭还授予其特权。无偿地为他们提供秘书、速记和翻译方面的服务，以及办公室。他们同自己的当事人在一起的时间实际上不受限制。他们可以接触检方手中的一切文件。”这与温斯顿·丘吉尔等人期望的抓到之后立即枪决相比，虽然靡费了不少钱财、人力和时间，却代表了高度的文明的素质。

网民口诛笔伐围攻为“涉黑”案件作辩护的赵长青教授（被责骂的不只赵长青教授一人，“农民工律师”周立太也被骂得灰头土脸），让人重新想起辩护历史上这些往事。

网上对赵长青教授担当辩护人的指责，大意是，赵长青教授长期执教，培养了许多弟子，这些弟子在司法机关工作，赵教授担任辩护人，他们敢不言听计从？这样赵教授就取得了左右司法的能力，非痛斥不足以平民愤。

其实，法学教授担任辩护人并无不妥。国外也不乏其例，美国哈佛大学法学院教授艾伦·德肖维茨就是有名的擅长辩护的著名律师。在我国，法学教授从事某一法学学科研究和教学，学有专精，从事辩护工作，对于加强辩护一方的防卫能力，具有优势。特别是，知名法学教授的学识和在法律界的影响力，使其辩护意见更容易受到法院重视，得到法官耐心、细心、诚心的倾听，不正可以偶尔扭转一下“你辩你的，我判我的”的司法陋习？特别是对于重庆大规模扫黑，法学教授挺身辩护，对防止扫黑扩大化不是有振聋发聩作用？我们对待法学教授作为辩护人，应当弹冠相庆才是。

的确，知名法学教授桃李满天下，司法官员中也不乏其授业弟子，但要说其具有左右司法的能力，却未免夸张过甚。法学教授不掌握公权力，并不具备左右司法的能力，毕竟司法裁判权是由法院行使的，经过领导把关、集体讨论决定的案件，要是能被法学教授操纵，也未免太高估法学教授的能量，贬低国家权力的刚性。退一步讲，假如法院以及承审案件的法官真的被法学教授操纵，那也只能说这样的法院和法官不具有审理案件的资质，怎能让法学教授承担其咎？实际上，法学者的专业意识中，毕竟比一般人有更多一点公正观念，他们中大多数爱惜羽毛，是不会冒天下之大不韪去妨碍司法公正的。他们以辩护人身份在法庭上公开辩护，其辩护意见完全摊开在阳光之下接受公众检验。对于一个法学教授的辩护意见，人们更应该关注他的辩护意见对还是不对。如果辩得对，法院不采纳，我们应当声援法学教授；辩得不对，法官缺乏明辨照单全收，我们可以批评司法。对于法学教授可能干预司法，却不该无端猜测，捕风捉影，过甚其词。

值得玩味的是，网民一方面高呼要警惕法学教授左右司法；另一方面却以自己的声势试图左右司法，不能不说是一个意味深长的矛盾现象。

网民对辩护人赵长青教授进行辱骂，暴露出网络民意缺乏理性甚至反理性的一面。这提醒我们，民意有好的一面，如疾恶如仇，使司法恶行被痛加揭露和批判，从而促进司法的改进。但民意有时表现出盲目、冲动和反理性的特征，司法盲从于民意，容易失去司法的公正，造成正义的颠覆。司法审判应当尊重事实、证据并只服从于法律，不应当为民意所左右。同样，辩护人应当挺起腰杆，站稳脚跟，依法进行辩护，只要坚持公理与正义，就不怕被不理性的民意击垮。

从网民围攻赵长青教授这一现象可以看出，我们的社会，法治基础尚显薄弱，民众对辩护制度的认识仍然存在很大误区，赵长青教授面对汹涌而来的网络攻击，不禁叹息："我遭网络炮轰，是普法的失败——人们对律师的工作性质仍缺乏了解。"这话说得沉重，但还没有入骨。实际上，官方的普法一直存在一个缺憾，那就是只重视法律内容的通俗介绍，对于培养现代公民意识和普及现代法治观念却没有下大功夫，收效也颇有限。赵长青教授和"农民工律师"周立太被网民辱骂，是一个指标性事件，它警示我们：民众的法治基础还很薄弱，我们的社会通向法治的征途还将是一个漫长的过程。

# 一日为检察官，终身为检察官

西方法治社会有许多法谚。法谚者，有关法律之谚语也，如“谁主张，谁举证”“任何人都没有义务控告自己”“法律一停止，暴力就开始”，都是法谚。法谚虽短，寓意却深远。

以我的识见所及，直接提及检察官的法谚似乎不多。不过，其中有一条法谚，让我过目不忘。这就是美国的一句法谚，“一日为检察官，终身为检察官”。这句法谚的意思是说：有过检察官经历的人，即使后来不再作检察官，但检察官意识会伴随其终身，其在精神上一直是个检察官。精神上始终是一个检察官，意味着其内心深处有着检察官的意识结构，尤其是始终保持着一种检察官的正义感，对于是非善恶有明辨的能力与态度。对于这种心理、精神特征，有人称之为“检察情结”。这里所谓“情结”是一种观念、情感、意念等的综合体，深埋在内心深处，有时通过行为反映出来。

检察官角色对一个有过这种职业经历的人的心理、精神塑造作用，如此之大乎？美国哈佛大学法学院德肖维茨教授曾谈到，在律师界，有一些律师曾任检察官，他们担任辩护律师会有一定的心理抵触，觉得自己站错了立场；不少曾任检察官的辩护律师有一份愿望，就是有朝一日重回检察官办公室。这可以说是"一日为检察官，终身为检察官"的清晰注脚了。还有一个可以作为注脚的例子：O. J. 辛普森因涉嫌双重谋杀案被起诉和审判，陪审团最终裁决辛普森无罪。诉讼结束后，有关此案的书一连出版了好几本，辛普森案件的律师（包括担任主辩的那位黑人律师和参加辩护团的德肖维茨教授）、主控官都纷纷撰写有关此案的书籍。他们因诉讼角色的不同，立场与视角都不同。令人感兴趣的是，有一位前检察官就此案写了一本书《狂怒》（中译本译为《无法无天》），书中的观点是支持控诉方的，但对其侦查和控诉中的种种失误也做了许多批评；书中不但对辩护一方的辩护策略与做法有所剖析，对于伊藤法官也颇多微词。他坚持认为辛普森是有罪的，字里行间流露出一个检察官疾恶如仇的正义意识和诉讼中积累下来的游刃有余的司法经验。虽然作者已经不再担任检察官，但读他的书，仍然清楚领略到一个检察官的立场和视野。

那么，检察官角色何以会有这样的塑造作用？显然是个有趣的问题。我想，曾任检察官的人之所以精神上始终是一个检察官，与检察官职业的天然优势有关。检察官职业的天然优势是检察官扮演着追诉犯罪的角色，如德肖维茨所言："他们代表的是法律与秩序、他们代表受害者与人民或者州政府、他们抗诉罪人——至少在大部分的情况下是这样的。他们是公仆;他们站在真理与天使的那一边。”很少有一种职业是与正义如此紧密连接在一起的。他们有着法律守护者的美誉,“检察官的工作总的来说是建构一起案件,一个人死亡了,一家商店被抢劫了,一个伪造的支票被兑换了。检察官必须评价可能揭示这一事件的事实和情况。从事实和情况中他必须绘制一幅排除了对最终被起诉的被告人的无辜的怀疑之图画,要做到这一点,他就必须具有将所有证据的丝线技巧地最终编织成一幅有罪缀锦的能力”。对于这样一种职业,社会评价往往积极而正面。检察官对自己很容易产生角色认同,这与辩护律师不一样。有些辩护律师遇到明知是有罪的被告人,为其进行无罪辩护,内心会产生不安甚至煎熬,尤其是被告人在成功的保护下得到无罪开释,面对愤怒或者哀哀无助的被害人时,就更是如此。越是通过诉讼技巧甚至伎俩获胜的辩护律师,越容易陷入道德困境。检察官很少有类似辩护律师那样的焦虑,他的精神压力来自因疏忽铸成冤错案件和有罪的人逍遥法外的糟糕诉讼结果。在正义意识的支撑下,检察官容易产生职业的自豪感。

检察官的职业自豪感还来自这一职业的另一个天然优势。自法国1200年起产生检察官,在有国王的国家里,检察官都是代表国王的;在共和国里,检察官代表着国家,所谓“国家公诉人”表达的就是这样一种角色特征。从事检察职业,将职业与国家(或者代表国家的国王）联系在一起，对检察官心理、精神有正面的塑造作用。

当然，检察官的自我角色认同还有更深的意识结构原因，检察官侦查和控诉犯罪形成的正义意识，复原发生过的事实中养成的证据意识，诉讼攻防中磨炼的公平竞争意识，现代司法中培育的人权意识，都构成了检察官内心强大的意识结构。这种意识结构一旦形成，岂因职业变化而消解？因此，曾为检察官的人，精神上始终保持着检察官的角色影响，便事有必至、理有固然了。

# 第三辑

# 一眼望到对岸

在威权统治之下，沉默的大多数只能保持噤声，无法发出高亢声音。一旦社会转趋宽和，要求政治自由的声音才得以释放，表达政治见解而不被割喉的局面才能形成。

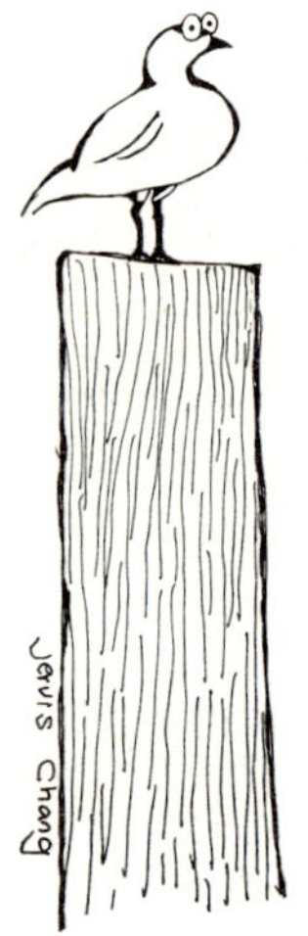

# 扁家弊案与台湾“特侦组”

## 1

陈水扁一副快活的样子。

台北的天气冷了，他在户外，穿着价格低廉的蓝白拖鞋，灰色的厚袜子，开始做体操。他伸手拉筋、侧弯，扭腰摆臀。即使看不见镁光灯像往日一样哗地泼洒在他的脸上、衣服上，他还是知道记者的镜头在哪里，他摆出 pose，四度摆手致意，习惯似的笑。好开心。

他脸上的笑是表面上的，陈水扁此刻真正的心情，只有他才知道。

元月 19 日，案子就要开庭了，庭审将在几日之内紧锣密鼓进行，审判长是蔡守训法官——阿扁说这是让扁嫂每次见了都要晕倒的“法官”。阿扁大概有点怀念另一位法官周占春，虽然周占春判扁婿赵建铭和亲家赵玉柱有罪，却甘冒天下之大不韪裁决陈水扁无保获释，这真让陈水扁感激涕零。不过，高兴没多久，“特侦组”两次抗告，周占春手上的扁案与蔡守训的合并审理。蔡守训裁决：陈水扁羁押，不禁见 。

开庭的日子近了，他也许还没有最后决定在庭上是否保持缄默，特别是，是否戴上口罩以示对“司法不公”的抗议？他期盼“关关难过天天过”，但是又预感到好日子已经结束了。

他心中暗恨“特侦组”，又有点怕，没有它，也许不会狼狈落魄到今天这个地步。他挥手，笑容可掬，却已经不在台湾领导人的任上，更不是在台湾各地趴趴走的时候。这是在台北看守所，陈水扁二度被羁押。

他现在的名字是一个代号“2185”。

## 2

台湾的“特侦组”办公楼位于台北市馆前路54号，中正区襄阳路与馆前路的交界处，隔街便是台湾博物馆。这是一栋灰色楼，在多雨的台湾，墙面多次被雨水冲刷，已经斑斑驳驳。这座楼不起眼，但一楼玻璃门上烫金的“最高法院检察署特别侦查组”字样，格外醒目。

“特侦组”的全称是“最高法院检察署特别侦查组”。不少大陆人对“法院检察署”这一名称摸不着头脑，这无足为怪，台湾地区仿效法国检察体制，实行审检合署，检察署附设在法院内，才有这样的称谓。不过，检察署完全独立于法院，并不受后者干预，这是毫不含糊的。

“特侦组”这个名称让人联想到日本检察机关的“特搜部”(特别搜查部),在日本,由于汉字“侦”已经不再使用,“搜查”的意思就是“侦查”,“特搜部”与“特侦组”的意思一样。20世纪90年代中国大陆检察机关对日本检察机关的“特搜部”的建制和职权曾发生浓厚兴趣,也曾跃跃欲试,但终于没有建立起来,现有的体制和职权不易突破和拓展之故也。

在台湾,“特侦组”是依据台湾2006年修正的“法院组织法”设立的。其前身是“最高法院检察署黑金查缉中心”,这是2000年民进党执政后针对国民党执政时期的黑金政治而设置的。“特侦组”检察官的编制为6人至15人。2007年3月21日,“法务部”检审会基于尊重“检察总长”职权,无异议审查通过成员10名。2007年4月2日,“最高法院检察署特别侦查组”正式挂牌成立,首任“特侦组”主任由“法务部”参事陈云南出任。陈云南是一位个子不高、国字脸、霜雪发、总似有忧戚之色的资深检察官,作为扁家弊案的主办者,他同时担任“特侦组”的新闻发言人,但话不多,极精简,查办扁家弊案声名鹊起,迅速成为华人世界闻名遐迩、知名度最高的检察官,连中国大陆媒体都禁不住尊称他为“最牛检察官”和“最牛发言人”。我在电视上曾看到陈云南夜深从台北“特侦组”大楼步行出来准备下班回家,有报贩在街边整理报纸,见到他便竖起大拇指,表示钦佩和鼓励,陈云南继续向前走,真是令人动容。除另外9名检察官外,“特侦组”还有检察事务官、书记官等共计 40 人左右。若办案需要,“特侦组”可以向调查局、警政署等单位借调专业人员协同办案。特侦组成立一年后,当初就备受争议的侯宽仁离开特侦组,另有一名检察官也离开特侦组。如今特侦组有 8 名检察官,查办扁家弊案的,正是这八大金刚。

“特侦组”直接对“检察总长”负责,其用意在于仿效美国独立检察官制度。“特侦组”之“特”,一是表现为主要侦办政要、高官和重大经济犯罪案件,包括涉及台湾地区领导人“五院院长”、部会首长或上将军阶军职人员的贪渎案件;选务机关、政党或候选人于台湾地区领导人或“立法委员”选举时,涉嫌全台舞弊事件或妨害选举案件;特殊重大贪渎、经济犯罪、危害社会秩序以及“检察总长”指定的案件。二是表现为办案过程中的搜索、约谈、声押、起诉等流程不受一般检察署的辖区限制;在侦办大案和高官要案时,具有高度的独立性。时任台湾“检察总长”陈聪明曾言,“特别侦查组”预定 4 月初揭牌成立,他希望“特侦组”成立后,一年至少办十件指标性大案。“特侦组”成立后,黑金查缉中心查办的吕秀莲、游锡堃、苏贞昌、谢长廷特别费案,移转到特侦组继续查办,杜正胜等高官的特别费案也由“特侦组”查办,其中侦结并起诉了吕秀莲、游锡堃特别费案以及 16 名“立委”(立法委员)涉及的中药商及牙医公会案,还侦结了翁岳生特别费案;近来又由陈水扁告发,启动对李登辉海外洗钱的调查。一波接一波,极具戏剧性。

当然，迄今为止影响最大的，是扁家弊案。

## 3

被陈文茜批为“个个都是贼”的扁家栽在“特侦组”手里。

陈水扁贪渎案件爆发，“立法院”无法通过弹劾程序将陈水扁赶下台，惹得百万民众组成“红衫军”，在施明德振臂一挥之下走上街头愤怒抗争，“天下围攻”震撼世界，要求“阿扁下台”的怒吼响彻台北。这场抗争最终未能将陈水扁赶下台，但扁家与民进党都见识了民众的力量。后来的“立委选举”，民进党惨败；台湾地区领导人选举，谢长廷输给马英九，都反映了多数民众对扁家弊案的痛恨和对民进党的不满。

陈水扁如期卸任，很快检调机关就送上“大礼”，将陈水扁列为被告，同时展开对他涉入贪污、洗钱案的调查。实际上，在“特侦组”之前，陈瑞仁检察官已经就“国务机要费案件”起诉了扁嫂吴淑珍，当时陈水扁还在台湾地区领导人任上，按照台湾地区“法律”的规定，除“犯内乱罪”和“外患罪”外非经罢免或解职不受刑事诉追，陈瑞仁没有将陈水扁与吴淑珍一同起诉，但将其列为共同正犯，俟卸去台湾地区领导人职务后再行起诉。在这段时间里，扁家千方百计阻挠“国务机要费案件”的审理，一是吴淑珍如外界所料，第一次出席预备庭时假装晕倒，从此以后 17 次请假拒不出庭；二是提请大法官“释宪”，对“宪法”条文作有利于陈水扁的解释；三是将“国务机要费”的证据（诸如用来支领机要费的各种发票）列为“机密”从司法单位取来加以封存，阻挠司法调查。直到马英九执政后，才解除封存，为“国务机要费”案件的审判提供了条件。

当初陈瑞仁起诉吴淑珍，让郁卒已久的台湾大批民众重拾对司法的信心。不过，现在看起来，陈瑞仁检察官揭开的扁家弊案的案情与后来的“特侦组”查出的陈水扁贪污、洗钱犯罪事实，实在是小巫见大巫。扁家弊案数额之大，内情之复杂和恶劣，极具震撼效应。

台湾检察官查办贪渎案件，让我们刮目相看。从制度看，台湾地区检察制度秉承中国大陆民国时期检察制度，这种检察制度最初由“近仿东瀛，远师法德”而来，具有大陆法系的特点。检察机关为侦查机关，警察机关为检察机关的辅助机关。经过司法官特考合格的人才有资格出任检察官，检察官大体可以分为公诉检察官、侦查检察官和执行检察官三大类。侦查检察官将案件侦查后即起草起诉书并对外公布，然后由公诉检察官接手进行莅庭支持公诉活动，这与中国大陆检察机关侦查终结后侦查部门将案件交给审查起诉的检察部门审查决定是否起诉并不相同。在台湾，虽然实行检察同一体原则，但检察官办理独立性很高，陈瑞仁查办“国务机要费案件”和“特侦组”查办陈水扁贪污、洗钱案，都由侦查检察官陈瑞仁和“特侦组”自行决定起诉,上级长官和检察署不予干预。我曾参访台北地方法院检察署,给我留下深刻印象的是,在台湾,“地方法院”前冠以地名,但不著“市”字,不称“台北市地方法院”就是为了表明法院虽然建于行政区划内,但不隶属于该行政区域,另外,检察官、特别是主任检察官(每个检察署检察官员额超过6人的,可分组办事,每组以一人为主任检察官负责监督该组事务)颇受尊重,检察机关在台湾是较为强势的机关。

扁家弊案一一曝光,陈水扁精心构筑的防火墙也逐渐瓦解,都经过了“特侦组”的艰辛努力。“特侦组”检察官办理扁案不遗余力,无数次的约谈关系人、证人和被告,多次进行搜查行动,请求司法协助,说服逃亡域外的关系人返台协助调查等,取得的进展令人颇为振奋。不过,扁家弊案真如老和尚敲木鱼——多多多多,现在浮出水面只是其中一部分,“特侦组”起诉陈水扁只结束了对扁家弊案的第一波侦查,随后展开的是第二波侦查,连日来台湾“特侦组”检察官工作压力和精神压力都很大,但仍然面临各种考验,扁家弊案的侦查还没有画上最终的句号。

## 4

“特侦组”起诉陈水扁,台北地方法院以抽签方式确定周占春为主审法官。围绕是否羁押陈水扁,周占春作出了令许多台湾民众大跌眼镜的裁决：陈水扁无保释放。“特侦组”向高等法院提出抗告，周占春的裁决被撤销，高等法院要求台北地方法院更裁。周占春二度作出陈水扁无保释放的裁定。“特侦组”再次提出抗告，此时台北地方法院将后案并前案，决定由蔡守训法官接收周占春手上的扁案。高等法院再次撤销周占春的无保释放裁决，发回更审，蔡守训裁决将陈水扁羁押但不禁见。陈水扁通过律师提出抗告，但抗告被高等法院驳回。于是就有了本文开头描述的那一幕。

在台湾，侦查阶段决定羁押的权力原属于检察官，但 1991 年台北地方法院检察署羁押华隆案被告引起对检察官行使羁押权适当性的质疑，后经“立法委员”提请大法官“释宪”，大法官会议于 1995 年作出 392 号解释，宣布检察官行使羁押权“违宪”，1997 年“刑事诉讼法”修改将侦查中决定羁押的权力归属法官，被告经法官讯问后，认为犯罪嫌疑重大而逃亡或有逃亡之虞，有湮灭、伪造、变造证据或勾串共犯、证人之虞，或者罪行为五年以上刑罚者，非予羁押难以追诉、审判或执行的，可以予以羁押。法官决定不予羁押的，检察官可向上级法院提出抗告。这里所谓“抗告”针对的是下级法院的裁定，与针对判决提出的“上诉”的对象不同。并非所有的法院裁定均可抗告，但有关羁押、具保、责付等裁定可以提出抗告。“特侦组”抗告成功，最终使陈水扁二次被羁押，不但士气为之一振，也为下一步侦查创造了较好条件。

“特侦组”起诉陈水扁等人，案件即将进入审判程序。由于台湾地区的刑事诉讼制度中已经实行协商程序（即辩诉交易），同样被列入被告而被起诉的扁子陈致中伉俪向“特侦组”投状提出协商，“特侦组”未予接受；近日，陈致中夫妇再次投状提出协商，“特侦组”也未积极回应。陈致中想通过协商获得诸如判处缓刑这类从轻处理，交换条件是披露部分海外资金下落，但不认罪，“特侦组”对这一诉讼伎俩心知肚明，显然不感兴趣。陈致中提出协商，引起台湾民众对认罪协商制度的注意，不少人颇为不解：犯了罪被起诉还可以协商解决？显然，不是所有的人都理解和接受辩诉交易制度。

台湾实行的审判方式为“改良式当事人主义”，是在引入美国对抗制审判方式基础上形成的，庭审中攻防激烈，对公诉检察官挑战性很强，在即将进行的法庭审判中，律师出身的陈水扁及其律师会使出什么诉讼招数，人们都很好奇，但陈水扁的律师郑文龙召开记者会声称在 1 月 19 日至 21 日的庭讯中，扁会用“沉默”不答辩的方式作为无声抗议。阿扁是否行使缄默权，以及是否戴上大口罩抗议“司法不公”，庭审时就可验证了。

在台湾，蓝绿对立反映在司法当中，法官、检察官往往以“办案无颜色”相尚，但也屡被质疑“心中有立场”。不少政党成员、“立法委员”以及社会中一些民众眼中只有蓝绿、没有是非。在大量的贪腐事证面前，不但扁家硬拗，鸭死嘴不烂，期望把贪污案的查办硬说成“政治迫害”，一些绿营人士更是顽固相挺，使得陈水扁案件不断受到来自绿营的政治干扰，“特侦组”也不断经受着被污名化的威胁。

台北地方法院希望集中几天审理陈水扁案件，尽快使案件经由庭审作出裁决，以前吴淑珍赖着不出庭，不断拖延诉讼，对于这种闹剧，人们已经看够了，还是不要再重演吧。

此时，听到后台的锣声响，到了该在法庭掀帘出场的时候了。

# 李敖旋风

给 20 世纪 80 年代大学生带来巨大精神影响的台湾作家有柏杨、李敖、龙应台、余光中和席慕蓉诸位。柏杨垂垂老矣，青丝成雪，终于撒手人寰。读他晚年文章汇编，已无汪洋恣肆、鞭辟入里的旧日风采，一副温良敦厚模样，不复辛辣讽刺矣。龙应台仍然蓄野火燎原之势，文章一如二十年前《野火集》的老辣，时而在新加坡、中国大陆的上海或者北京掀起一些小的波澜，但龙应台的尖锐尚没有到达击鼓骂曹的地步，当年凭《中国人，你为什么不生气》一文掀起的洛阳纸贵的风靡态势，不知何时得以重现。余光中和席慕蓉皆以诗歌及散文鸣世，并不以杂文著称。论思想之开阔深刻，言论之尖刻犀利，如今非李敖莫属。

李敖大师

过去读李敖的文章，有时喜欢，有时

不喜欢，他在文章点名道姓地指着别人的鼻子骂（包括骂柏杨之“忘恩负义”），常常触动传统文化传下来的重人情不论是非的情结，读来颇觉不安。后来在凤凰电视台看《李敖有话说》，看他一副深色眼镜，橙红色夹克衫，深红色领带，潇潇洒洒，往往谆谆言之，时而嘻嘻而笑。看李敖说话，不免起敬起畏，敬的是他的人品和学识，畏他做学问的功力和收集证据的功夫。中国之大，有此旷代难得之奇人，足以证明中华文化之恢宏并非绝望。

李敖在阔别46年之久重新来到大陆，立即掀起旋风，这股旋风在北京大学讲演会中真个是飞沙走石，惊心动魄。李敖自称腹中备有“金刚怒目”的话，也有一些“菩萨低眉”的话，但北京方面如此热情接待，他应该菩萨的话多说一些。在一个多小时的讲演中，“菩萨低眉”的话也说了，“金刚怒目”的话也说了，嬉笑怒骂，妙趣横生，却也让不习惯这种风格的人听了如坐针毡，颇为尴尬。

听李敖讲演，感觉到强烈的视觉冲击力，他深色眼镜，黑色西装上衣，深红色领带，浅色裤子，神色轻松，挥洒自如，偶尔嘻嘻说笑，完全打破我们习见的许多人（官僚、学者、大学生、宣教团成员）的演讲中神色凝重、情绪套路式地激昂慷慨、做作的涕泪交流以及表情呆板木讷、缺乏视觉吸引力给我们留下的老印象。他已经七十岁，但决无七十岁中国男人的老态龙钟，你感觉他不过五十多岁而已。不故作矜持，不绷着脸皮，思维敏捷，语言便利，造成他比其实际年龄小得多的错觉。比视觉冲击力更厉害的，是李敖讲演的听觉冲击力，他知识渊博、旁征博引，插科打诨、妙语连珠，给我们久已习惯了一些名师显宦语言老套、味同嚼蜡的讲演(那里面最大的彩头不过是吟诵几句被人们反复吟诵早就吟馊了的唐诗)的耳朵痛快地洗涤了一个多小时，对我们做了一次振聋发聩的思想按摩。

李敖以自己的直言不讳证明其决非“政治花瓶”，这提醒我们：我们应当怎样接待这位力争自由民主、力挺祖国统一的爱国者和学术大师？

李敖来大陆之前引用香港的俗话说“不是猛龙不过江”，已经表明他的讲演的内容决不委婉客气，也不刻意追求祥和亲近。他讲的一些话，虽然足以令一些人脸色苍白、心跳加快，但婆心苦口，于我们并非有害无益，他的讲演也在考验我们的社会对敢言敢骂的李敖的宽容程度，对于这位七十岁的中国自己的思想家，我们是应该以开阔的胸襟来加以包容的。

看李敖北大之行，觉得有两点遗憾。一是，在李敖讲演之前，北京大学校方在介绍李敖时称他为“台湾作家”，我听来觉得不大妥帖，称李敖是台湾作家固然不错，但我想，称他为“中国著名作家”也许更贴切，不能把在台湾的作家视为他偏安一隅的“台湾地区”的作家，就像鲁迅不仅是“浙江作家”、沈从文不仅是“湖南作家”一样，李敖无疑是全中国的宝贵“财富”。二是，在讲演场外，有许多学生以“敖哥”称呼李敖，有学生还将“敖哥”字样写在自己的背心上，让人联想起连战来大陆时人们一路称他为“战哥”，以“哥”称连战可以，连战是政治人物，“战哥”一词表达一种政治家梦寐以求的年轻又显得颇具亲和性，有利于赢得选票；但用以称呼李敖，就未免显得重复得没趣，何况这个称呼出自一些被李敖称为“小朋友”的乳臭未干的大学生之口，更显得没大没小，缺乏敬意。试想我们大学生今日若面对活着的鲁迅、蔡元培、胡适，不称其鲁迅先生、蔡先生、胡适先生而称之为“迅哥”“培哥”“胡哥”，真不成体统矣。

好在李敖始终笑眯眯、笑嘻嘻，凡事大概也不必总那么较真吧。

# 柏杨先生的喟叹

秦琼卖马是隋唐故事中脍炙人口的一段，几乎是隋唐故事说书人的最爱。按小说《说唐》的说法：秦琼在官府屈尊充当捕快，一日，秦琼与樊虎被指派押解盗犯往平阳驿、潞州府收管，到临潼关外，秦琼与樊虎匆匆分了行李，各带犯人分路而去，却因急促了些，忘了盘费都在樊虎身上。在潞州交差后，秦琼在客店等蔡刺史的批文，一连住了几日，欠下店家银两，被店小二刁难，不得不卖两条金装锏偿债，却因当铺只肯按废铜收，只好转而卖马。马被那隋朝第十八条好汉单雄信买下，单雄信后来听说卖马的落魄之人是好汉秦琼，便一路赶上离店返家的秦琼，还马赠金，成就一段畅快人心的故事，难怪这段故事在民间家喻户晓了。

秦琼卖马，戏剧性真的很强，你瞧那英雄受厄，竟被潞州开店的"著名的势利小人"王小二奚落、逼迫，真是虎落平阳被犬欺，炎凉世态叫人感叹。秦琼有苦难言而不失英雄本色，让人同情又敬佩。刘刺史与他做个都头，单雄信买马又还马，甚至秦琼慧眼识得好马，都有惺惺惜惺惺的味道，尤其是单雄信的义举，令人感动。这一绝好故事，当然没有被说书人独占而不被搬演为戏剧的道理，京剧中就有搬演这一故事的《卖马》，京剧名角杨宝森、谭富英等都曾扮演秦琼，对京剧稍稍迷一点的，大概都听过他们的著名唱段。

前些日子想起秦琼，是因为在济南参加检察理论研讨会，到济南才注意到历城乃济南的一个县（现在已经改为区了），《说唐》里讲得明白：秦琼字叔宝，“秦叔宝久居山东历城县，学得一身好武艺，有万夫不当之勇，专打不平，好出死力，不顾口舌……性情豪爽，济困扶危，结交好汉，因此人称为‘小孟尝’。”确是人们心目中山东好汉的性格。不过，我想起秦琼倒不是因为这个，而是想起柏杨先生一篇文章里提到过的京剧《卖马》中秦琼的一个唱段：“站立店中呃用目洒。不由得叔宝怒气发，明明认得他是响马，江湖路上也曾会过他。骂一声贼子真胆大，杀人放火海走天涯，今日相逢在潞州天堂下，无有批票怎敢拿！眼前若有历城县，定要将他锁拿到官衙，板子打来夹棍夹，看

痛揭中国人之短的柏杨与李敖一样对20世纪80年代中国大学生影响甚巨

BY J. CHANG

他犯法不犯法……”这段唱妙的是，古时候捕快要异地拿人，是要有官老爷的批票的，似乎与实行令状制度的当代司法差不多。不过，捕快要是在本地拿人，大概就没那么麻烦，手到擒来，碰巧了还能破一大案、要案，得个二等功什么的。其实，这个唱段耐人寻味之处不仅于此，柏杨先生曾谓：“末尾三句最是惊人，原来犯法不犯法，不是看他的行为，而是看板子和棍子的。中国司法上一脉相传的口供主义，不知道害死了多少善良的小民。有人说现在已经不是口供主义啦，而是证据主义啦，这话恐怕没有经过大脑……”

我们欣赏京剧《卖马》，摇头闭眼跟着哼唱这段唱词的时候，大概都不大会仔细琢磨这其中含有的司法意识，这种意识其实是颇为惊人的，我们对此无动于衷、毫无反应本身也颇堪咀嚼。那原因也许是觉得秦琼既是英雄好汉，英雄好汉的话还能有错吗？何况“板子打来夹棍夹”对付是恶人，不如此怎能让那些恶人认罪，正义又如何伸张，总是被恶人欺凌的老百姓又怎能跟着出一口恶气？

其实，定罪依赖口供，口供可以用板子和夹棍取得，正是中世纪司法的特征，布哈林在苏联大清洗时对审判他的法庭称这是中世纪的审判原则，刑讯逼供为现代司法所不容，在中世纪却是司空见惯甚至天经地义的。令人叹息的是，这种中世纪的司法状况和思想观念，到现在也还没有完全祛除。

最近读到袁伟时编辑的《告别中世纪——五四文献选粹与解读》

一书,想起这样一个问题:我们什么时候告别中世纪?从时间概念上说,中世纪又称“中古”。欧洲从西罗马灭亡到哥伦布发现新大陆的时期,大约500年到1500年为中古。中国从汉唐到宋明时期,为中古。也就是说,自哥伦布发现新大陆以后,中国自清代以后,就已经告别中世纪。如果是这样,不知又何来五四时期“告别中世纪”?可见,“中世纪”还不完全是个时间概念。其实,“中世纪”也是对一种特定的思想观念、制度特征和政治形态乃至司法状态的描述的概念,生活在21世纪的人仍然可能有着中世纪的头脑,现代人操控的司法也可能保留着中世纪司法的特征。谓予不信,听听《卖马》吧,如果对秦琼这一惊人唱段懵然不觉其非,甚至颇为欣赏,那头脑大概还没有告别中世纪。再看看媒体屡有披露的刑讯逼供事件,就知道,司法要真正摆脱“中世纪”也还不那么容易呢。

# 台北的君子范儿

初次到台北，觉得除了满目的繁体字，景象上看，台湾根本就像是东南沿海的一个省。台北城市风貌远远不及北京、上海等地壮观和现代，高层建筑比大陆的一线城市少得多。近年来开放大陆观光客来参观，不少人当着台湾同胞的面嚷嚷：怎么没几座像样的高楼啊！

我有机会在台湾地区参加会议或者访问，以前几次都是走马观花，最近这次是下马看花，深切体会到台北之美，并不在有多少高耸入云的水泥建筑。论外表，台北输于中国大陆许多城市。以我观察所见，台北之美，美在许多细节，如一些人家的空间或者店铺门口看似随意，实则颇具慧心的布置，都值得驻足玩味。在台湾许多地方，连地下停车库都干干净净的，就知道这里的清洁，决非表面功夫。台湾人到大陆去，最难以忍受的是厕所，台湾的厕所叫“化妆间”，里面的确是干净，习惯于这样的厕所，再光顾大陆所谓“卫生间”，对那里的“卫生”实在不敢领教。

初次来台北，已经感受到中华传统文化在台湾有着沦肌浃髓的影响。我造访一家律师事务所，进门便见一副对联："一点浩然气；千里快哉风"，写的是东坡词句。在另一家律师所，见一间律师办公室挂着的竟是著名作家高阳亲笔书写的一副对联。

台湾朋友处处透着谦让多礼。早年间的台湾学生在上小学和中学的时候，都要学习儒家经典，诸如"四书""五经"之类。学校教育也很重视培养学生礼仪素养。从他们说话的腔调就可以感觉得到这种教育的成果，台湾人讲话很少粗声大气，说话调门很低，气度自然从容，只有在选举造势等少数场合，才见到青筋直露，扯着脖子声嘶力竭。有一位来自中国大陆的学生在台湾大学学习了几个月，回大陆前，有教授问他对于台湾最深的印象，他想了一下，说台湾很安静，特别明显的是在一些餐厅，要是在大陆，一定吵得像菜市场一般。

在台北，处处感觉人和人之间的亲善。我读《镜花缘》，看到其中的淑士国，作者抱有讽刺的态度，道是过犹不及。然而，我看起来，淑士国是应该有的，当然不必连酒保都"之乎者也"起来，但一定要有文明素养，不能以粗俗为美，以鄙陋为自然。我们中国号称礼仪之邦，海峡两岸的人们，文化素质和文明程度还是时见落差。我在台北，感受到那里的人，温良恭俭让，习惯成自然，这不是因为要接待来自岛外的客人才刻意表现出的客套。

台湾人的谦恭多礼，常常让我惭愧。来到台湾，处处衬出自己的俗鄙。痞子作家王朔从美国回来曾撰写《在美国，我显得粗鄙》一文，称："美国人非常规矩，社会井井有条，执法也很严，在国内我们都被人骂惯了，觉得人和人之间就应该互相不友好，可是我到美国之后觉得在那里真是好到得老对周围人说'谢谢'了，因为我在美国遇到的很多情况是你去找人办事，人家还对你极为客气。但是我非常不喜欢美国人爱在路上跟陌生人打招呼这一条，因为我英语不好，他们一跟我打招呼我也不知道该说什么。这样一来，让我显得挺无礼的。"在台北，同样会生发这样的感触。

我听台湾一位法学教授谈起大陆同行，感叹大陆许多教授都很霸气，有的虽然顶着教授的头衔，但粗俗不堪，望之不像书香之士。其实，我们在大陆彼此打量，何尝没有此感？陈丹青写《民国的范儿》，大概就是由此而有所感发吧。台湾的这位教授提到，台湾也不是一开始就有这种文明气象，人民知礼明理，还是近几十年的事。柏杨在《丑陋的中国人》中所谈的脏乱吵、不排队和不遵守交通秩序等，说的就是台湾过去的情景。不过，若论学者教授，倒是在气度气质上没有输过、堕落过。

# 第四辑

## 颠倒再颠倒

执法者违法、司法者不懂法、反贪者受贿、博士生导师攻读博士学位、评学术成果靠发表作品的字数或者发表的刊物不问质量、政府因单位犯罪而遭起诉受审判，凡此种种，五花八门，无不令人眼界大开，穷尽人类想象之极限。

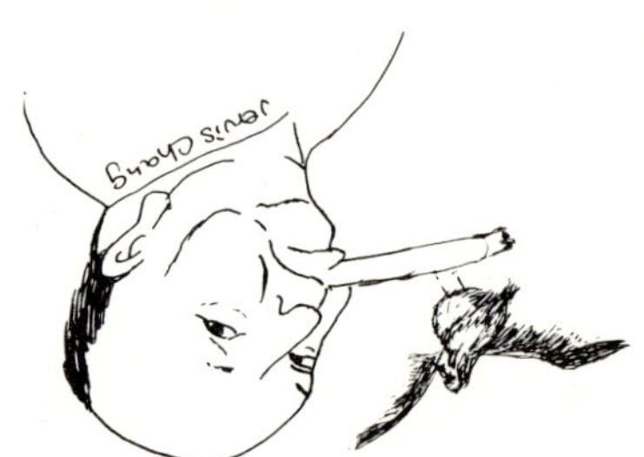

# 重听《颠倒歌》

记得一首《颠倒歌》，初中时读到的。说的是：

> 南北大街东西走，出门看见人咬狗。
>
> 拿起狗来打砖头，反被砖头咬了手。
>
> 有个老头才十九，喝着藕就着酒。
>
> 从来没听过这桩事，三轮拉着火车走。

当初读时，只当是个笑话。痴长到现在，识见多起来，才发现原来世间颠倒的事，着实不少。

最著名的颠倒，是公仆与主人的颠倒。“公仆”的说法不知源于何时，人们经常提到的，是普鲁士腓特烈大帝的名言：“君主者，非绝对专制之主人翁，乃国家之第一仆人也。”这句话说得何其漂亮，谁听了都要为之动容。仆人者，服务他人之人也，公仆就是为公众服务的人。连君主都以仆人自命，其他执权柄者更有啥话说。然而说归说，实况却是，“公仆”权高权重，骄横自恃，念念不忘一个官字；“主人”受其教诲、为其凌辱、被他勒索，古今中外，曾经到处如一，及至今日，似乎也并不是什么罕见的现象。“公仆”一词，早已成为名不副实的政治学语汇。在政治史上，“公仆”一说，本来只是用来安抚“主人”的，倘若二三个做“主人”的当了真，找不到真正做主人的感觉，反而碰上一鼻子灰，只好怪自己不明白“公仆”的奥妙，怨不得别人。不过，如果大家都当了真，并且肯舍了性命去较这个真儿，没准儿可以为“公仆”正了名，没准儿还能建立起一系列的制度使公仆不再反仆为主。

不唯“公仆”如此，其他颠倒的现象也俯拾即是：

展览馆办书画展，本来应给书画家付酬，现在反过来，书画家倒要给展览馆付酬。到头来，只要肯出钱，任你的作品春蚓秋蛇，类属涂鸦一派，照样登堂入室，大展特展；付不出钱，纵然写画得兔起鹘落、鬼斧神工，也不能占取一隅，供人“凭吊”。

出版社亦然，凡出书，自然应付作者稿酬，现在却往往反是，作者得给出版社送钱，水到了渠成，钱到了书出。书出了以后，作者连一分钱稿酬也甭想从出版者手中榨出，整个就是一个现代版的《卖炭翁》。那些无名作者阮囊羞涩，即使书写得字字珠玑，没钱献纳，也只能如卞和一样，怀玉不遇。笔者认识出版社的一个编辑，此君良心未泯，私下叹道："偶遇好稿，就是因为作者没钱给社里，眼看着被一些不起眼的出版社拿去出版，真是无可奈何。现在愿意花钱出书的人，固多的是也！"

上下交征利，见利而忘义，就必定如此，靠一二人的叹息，当然是改变不了这亘古未见之怪现状的。

其他如执法者违法、司法者不懂法、反贪者受贿、博士生导师攻读博士学位、评学术成果靠发表作品的字数或者发表的刊物不问质量、政府因单位犯罪而遭起诉受审判，凡此种种，五花八门，无不令人眼界大开，穷尽人类想象之极限。

一个社会，当其处在转型期，最容易出现此种颠倒现象。盖因旧有的秩序被打破，新的秩序尚未建立，千奇百怪的事情就捂不住盖不住地往外直冒。当出现种种颠倒现象的时候，社会需要动员起现有的力量（诸如舆论）加以匡正，并且应当尽快建立起新的、应有的秩序。若任凭颠倒的现象潜滋暗长，则乾坤倒置，世界异象，恐怕真要进入《古国怪遇记》里的"猪八戒时代"矣。

让颠倒了的，再颠倒过来吧。

# 文化的粗鄙化

冯骥才先生在博客里晒旧作，感叹“文化的粗鄙化”，举了三方面表现：一是媒体和广告的话语已经不再遵循任何文字规范；二是荧屏上的人物已经不再受制于地心引力，连乾隆皇帝、唐伯虎都挎刀背剑一抬脚就上房了；三是各处旅游景点胡编乱造历史典故，完全不顾事实真相。这种感叹，的确触及文化的溃疡，此文一贴出来，就引起不少人的共鸣，“文化的粗鄙化”成为许多人热议的话题。

事实上，文化粗鄙化的现象的确存在，甚至也有愈演愈烈的倾向，但文化精致化的例子也有不少。若论文化的粗鄙化，那表现远不止上述这些，例子俯拾即是。本阁下曾看过电视连续剧《隋唐英雄传》，里面的程咬金穿着打扮颇为古怪，几块削得像梭子一样的木块用绳子穿在一起系在头上，身上披的仿佛野蛮部落的酋长助理——我想隋唐虽然去今已远，总还不至于穿得像穴居的蛮人，但编导之大胆夸张达到近乎荒诞的程度，让人搞不清到底是愚蠢无知还是马虎草率。其他还有不少古装剧，化妆也相当离谱儿，男人的头发两边各垂下弯弯两绺，服装不伦不类，讲起话来满嘴当代语汇，情感表达完全是如今小青年的感觉。新版电视剧《水浒》之阎婆惜对宋江属于真爱、潘金莲持家颇为贤惠勤俭，都展现了创作者之浅薄和想当然。一些投资巨大的影片，如《赤壁》之类，曹操爱上小乔，孙权的妹子孙尚香策马往返曹营如入无人之境，想怎么胡扯就怎么胡扯，完全不把历史提供的可能性当回事。这一类烂片之多，已经到了不可胜数的地步。

还有一种粗鄙化，让人都不好意思讲是“文化”的粗鄙化，究其实根本就是反文化，最多算是“文化人”的粗鄙化。号称“课堂上一气呵成”《三重门》的“作家”韩寒以一句“文坛算个屁，谁也别装逼”一句击溃评论家白烨，靠的就是这位“天才”开口就是脐下三寸的粗鄙功夫，以及拥趸对于这种粗鄙无头脑欣赏、动辄蠢血沸腾一拥而上的死忠表现。这种“粉丝文化”本身就是劣质文化的表现，那些粉丝经常在偶像面前激动万分、尖叫连连，一副中了偶像邪教蛊毒太深的感觉。如今方舟子杠上这位“文学天才”，暴露其谎言连篇和极有可能存在的欺世盗名，这位青年意见领袖竟在公开场合以“USB”当众辱骂方舟子。就是这样一位污言秽语时出其口的家伙，被许多“公共知识分子”称赞为“当代鲁迅”“青年意见领袖”和“公共之分子”，被说成“善良”和“真实”，在许多证据揭露其作假之后还在硬拗。以惊世骇俗的粗野之词辱骂别人。韩寒并非绝无仅有，北京大学孔庆东教授以排比句修辞法连贯而成的国骂，其叫座程度也不遑多让。斯文堕落一至如此，哪里及得上扫地的？这种“文化人”（韩寒是否文化人，本人深表怀疑）的粗鄙化，根本就是反文化，却能得到不少人击节称赏，岂不怪哉！

冯骥才先生将文化的粗鄙化归因于满人入关以来三百年的历史，清代国力衰微，精神萎缩，文化变得粗糙。此后经过“五四”对传统的破坏加上 20 世纪几十年的文化大破坏，文化成为一个空架子，国门打开，外来文化来袭，残存的文化立刻化成“文明的碎片”。对于冯先生这种高瞻远瞩，本人不敢置喙，记得最早看到电影《甲午风云》和《林则徐》时，为那里面谈吐举止文雅、甚至连相互攻击都显得彬彬有礼的中国人感到新奇、震惊。窃以为文化被掏空，大概是近百年来的事情，满人嗒嗒的马蹄声是否带来粗浅的“马背文化”以及明代文化是否雍容醇厚、平和内敛，吾生也晚，孤陋寡闻，无从得知。

有一点可以肯定，当打开国门延揽四方宾客之时，我们的文化已经粗糙浅陋，这种文化状态一遇到过度商业化的现代快餐文化，便形成不少文化怪胎，以至于善恶不辨、美丑不分。在这个“愚乐至死”的伟大时代，人们获得一种庸俗、浅薄的感官娱乐便满足，如芙蓉姐姐、凤姐之走红，是因为她们满足了人们在单调工作和乏味生活下对于笑料的需求，她们的丑态和不以为耻的程度为人们津津乐道，也为她们自己赚足了知名度。

文化之粗鄙，有特定的社会基础。社会对于利润的追求和过度商业化激发了粗鄙文化的流行。如今影视作品之胡编乱造，实得之于编导者对于民众趣味之把脉。大概编导者自己的趣味就不高，自然就揣摩一般民众趣味也不高，为了赚取高票房或收视率，极力迎合社会上的恶俗趣味，在历史知识不多的芸芸众生那里，果然赚得盆满钵满，形成不断复制的"成功模式"。这种"成功模式"以金钱为衡量标准。这些"成功模式"的不断复制，进一步恶化社会的文化趣味，使垃圾精神产品喂养下成长起来的新生代失去辨别文化良莠的能力。有几流的观众就有几流的编导，反过来也是一样，有几流的编导也就有几流的观众。

法律人对于文化的粗鄙化，会从自身出发，有兴趣思考对于法律能否发挥力挽恶俗文化狂澜的作用。针对粗鄙化的文化，法律是否能够有所匡正并且不无小补？这个问题的答案可能令人失望。法律并非万能，对于扭转文化的粗鄙化，恐怕作用颇为有限，粗鄙文化得以存在和蔓延的社会基础不是法律能够改变的，法律如果不能发挥提升社会的文化品位的作用，也难以改良文化。对于文化的粗鄙化，提高社会的文化素养，拓展文化批评的空间，保障而不是压制各种尖锐、直率的文化批评，政府资助优质文化的发展，是更为可行而有效的办法。可以想见，一旦社会的鉴赏力提升，粗鄙的文化就会失去市场，劣质文化产品才会逐渐萎缩枯死，精致而优质的文化就会获得滋养并取得发展空间，冯骥才先生忧虑的民族素质下降和文化自尊自信丧失的危险才能消除。

如冯骥才先生所言，要扭转文化的粗鄙化，需要认识并承认文化已经陷入粗鄙化，同时意识到这种粗鄙的文化消解民族精神和降低民族素质的危害性。对此若麻木不仁，文化的粗鄙化就有越发不可收拾之可能，对此无论文化人与否，都有加以警惕的必要。

## 暴发户式审美

我们居住的城市，越来越现代化了。鳞次栉比的高楼，川流不息的私人轿车，街头男女的当众拥吻，“做一个男人无法一手掌握的女人”（潜台词是：快来隆乳吧）之类大幅广告，都是明证。

然而，我们居住的城市，面貌也越来越相似了。

若干年前，旅居瑞士的作家龙应台带着自己的小儿子兴冲冲来到北京，转了几圈之后不禁感喟：北京几乎完全没有了自己的特色，这座新崛起的水泥森林，与她所见过的其他城市何其相似，这样的城市新貌不能不让前来见识京华独特风貌的人们游兴大减。

不仅北京如此，在国内选择任何一个城市，绝大部分街景都给初来乍到的外地人以熟悉的感觉，各个城市几乎都是一个模子里出来的。这有一个好处，可以使异乡客减少思乡之苦，但其城市的吸引力也因此丧失殆尽了。

到城市观光，重要的项目是观赏建筑。比如到北京，皇家气派的宫殿和苑囿，将一部历史戳在那里，其震撼力难以言表；过去那些达官富商的宅邸也都有着各自的气度与兴衰，身临其间，怎能不为之动容？到上海外滩走一走，昔日十里洋场的繁华绮梦都凝固在一座座欧式建筑里，让人自然生发物是人非、瞬息生灭的感慨。到苏州，精致的园林主人曾经有过怎样的精致的人生，都呈现在人们的遐想中，江南人的婉约情调，唐人的绝句、宋人的小词，仿佛俯拾皆是。如果每一座城市的面貌都各有特色，别具匠心，游人何辞鞋履磨破？

可惜，我国各城市的特色，如果还有的话，都是古人所留。当代的城市建筑，即便远隔千里，也都像出自同一人之手，不但面貌相同或者相似，更要命的是竞丑比傻，幢幢刺激着人们的视神经。

建筑本来是一门艺术，在一些国家，建筑师被列入艺术家的行列。建筑物比不得绘画，画作不佳，可以挂在自家床前，敝帚自赏；也可以束之高阁，以俟鼠啮；甚至付之一炬，化为灰烬。建筑形成之后，要矗立很久，任何人都可以品头论足。其美者，人人赞赏；其丑者，人或讪笑，或唾骂，或诅咒，建筑师情何以堪，怎能等闲视之？

建筑是一门艺术的说法，也会听到国人说起，但并没有多少人真正领略这句话的含义，更没有多少人把它奉为圭臬加以贯彻。丑陋的建筑不断拔地而起，让充满铜臭气的开发商眉开眼笑大数其钞票，却让真正的艺术家气馁，让有鉴赏力的观光客嚼蜡。它们所造就的是一座座暴发户式的城市，这暴发户式的城市呈现的只是暴发户式的审美。

缺乏文化素养，没有鉴赏能力，一旦有了钱，便要附庸风雅一番，于是大展暴发户式的审美，其特点是极力追求雅，却由于缺乏品位，往往“雅得这般俗”。反映在建筑上，就是对“现代”大为欣羡，追求时髦，搞得“现代”泛滥成灾。典型例证是若干年兴起在建筑物上大面积镶嵌蓝色的玻璃幕墙，由于太多，给路上行人添了危险（一旦随风下落，恐怕后果堪哀）；由于太丑陋，给路上行人添了恶心。

暴发户式的审美，还产生一大祸害：由于对美缺乏感知力，并由那些大权在握或者腰缠万贯者主宰，而对现存的美进行大肆破坏。古人给我们留下的，即使有美丽的建筑和美丽的布局，在暴发户眼中，也通通不知美在何处。西方人所谓“拿珍珠喂猪”，中国人所谓“明珠暗投”，此之谓也。

远的不说，北京大拆四合院，是自大拆城墙、城楼之后对老北京的第二次摧毁。在大片大片的四合院废墟上，一座座居民楼、商务楼给北京整了容，老北京却在这改天换地的激情中逐渐消失，同时消失的还有老北京的历史。俄罗斯的圣彼得堡庆祝自己的生日，向世人展示的是几百年延续下来的有鲜明历史感的面庞，黄色的城市基调和有百年历史的城市建筑，都在向人们讲述这座城市的悠久历程。许多国家都重视保持一座城市的历史，大到首都小到乡镇，莫不如此。北京用来庆祝建都数百周年的脸，却日益呈现着暴发户式的庸俗，怎不教人感慨生哀？

# 顺民社会的见义不为

美国记者弗克斯·巴特菲尔德是个中国通，中文名字叫“包德福”。

1979年年初到1980年年末，包德福担任《纽约时报》驻北京首席记者，根据走访中国各地和各界人士的见闻，1982年出版了一本记述“文革”浩劫后中国社会状况的畅销书《苦海沉浮》。书中第九章的题目是“听话，乖孩子”，其中谈到：“像许多到中国来的美国访问者一样，我深为中国儿童普遍具有的良好行为惊叹不已。一些西方人将其解释为被动性。中国儿童安静听话，老师说啥就干啥，很少表现出美国儿童所具有的那种爱吵爱嚷，好惹是生非和自私自利的性格。他们既不哭大叫，也不耍脾气，也不吮吸大拇指。”他举了一个例子：他参观访问北京印染厂开办的一家托儿所兼幼儿园，看到在一间宽敞明亮的屋子里，十个一岁多的幼儿互相挨着挤坐在墙边的一条小木凳上，好一会儿，他们一动不动坐着，不哭不闹，无人推拉。中年保育员从盒子里拿出一个上了发条的玩具小鸡，上紧发条后，把它放在地上沿着孩子们的脚边走动起来。没有一个幼儿试图去移动或者抓住这个小鸡，只是注视它。一个小男孩终于忍不住，蹒跚走来，伸手猛抓小鸡。保育员见状，轻轻抱起小男孩，放回其他小孩坐的长凳上。巴特菲尔德说：要是我的两个孩子在这儿，一定早就伸手去抓了。

巴特菲尔德分析道："中国人诱导孩子循规蹈矩的情形，仍是一个难解的谜，令人好奇不已。西方人自来认为，咄咄逼人和不服管教是孩子的天性。"但中国的父母却小心谨慎地限制孩子那坐立不定的天性，"我们却将这种天性视为独立活动和自我表现的能力"。

无独有偶，英国人米切尔·哈里斯·邦德（汉名是"彭迈克"）在香港工作多年，写了一本探讨中国人心理的书。在书中，他也提到类似现象："从西方标准来看，一个典型的中国幼儿园更像一所小学。孩子们安安静静地坐着，一排排整整齐齐，用固定的学习方法，听着老师清楚地讲解数字、字母和汉字。不容许任何破坏性的行为。常用申斥、隔离或打的方法来执行纪律。不听话的孩子会送到校长那里，校长常常请家长来，要求家长多想办法使他们的孩子听话。"中国的父母严厉禁止自己的孩子侵犯他人，如果邻居来告状，家长常常不查明事实就惩戒孩子。彭迈克和美籍华人学者孙隆基都曾指出：在儿童时代，几乎每一个中国人都被几乎每一个家庭纳入"乖"的训练当中，"这种适应社会的精神很早在家庭生活中开始培养，安静和温顺的孩子受到奖励，理想的样板是‘立即、准备和完全的服从’”。

包德福和彭迈克提到的现象，在他们西方人眼中是奇特的，令他们惊叹的，但在中国，却是司空见惯，不值得大惊小怪的。一般中国人从小就被培养“乖”的品格，他们被警告挺身而出具有危险性，遇到危险要逃避，遇到羞辱要忍让，如彭迈克所言：“尽可能避免直接的对抗，如果需要的话就间接地予以处理。”长大以后，就成为胆小怕事的顺民、忍气吞声的懦夫和明哲保身的遵行者。外来的观察者发现，中国人普遍具有被动性，并且，他们的礼让、关切是针对熟人圈子的，对陌生人往往表现为漠不关心。

知道这个特性，再来看媒体多次出现的如下类似报道，就不觉得有什么稀奇了：2005 年 7 月 26 日《重庆晨报》报道，重庆市公安局潼南分局副局长李祖田在一辆中巴车上遇到了两名扒手，他挺身而出，对歹徒大吼一声：我是警察，冲上去抓捕。但孤身一人要制服两个歹徒有困难，他要求乘客协助，接下来长达 30 分钟的搏斗中，只有一名保安员最终站出来，其他 40 余名乘客自始至终充当现场的看客。

类似的情形实在太多，不胜枚举。《重庆晨报》报道的，不过是最新的一例而已。

对于这种现象，人们虽已见惯不惊却不能不追问的是，一辆坐满人的巴士，人头攒动，为何遇事需要帮助时却如陷无人之境？难道那么多看客不能辨别善恶故而不能出手相助吗？盗贼乃是恶人恶行，与盗贼斗争乃是善行，虽垂髫小童亦知之，痴长了那么多年的成年人岂无这等常识？那么，难道是警察在民众心目中，没能赢得尊重和好感，一旦有事，才万民袖手？非也，媒体多次报道，有一些平民见义勇为，需要他人上前相助，周围的人同样冷漠相对，麻木不仁。

实际上，根本原因在于，中国人从小到大都是在权威的笼罩下生活，幼儿园时的保育员、单位的领导、街上的警察，服从这些权威已经成为根深蒂固的意识。在“乖”的系统中，即使权威出了错，权威仍然是权威，不能对它发起挑战，对这些权威的忍让是保证自己利益受损最小的唯一可取的办法。忍气吞声一旦养成习惯，对于黑恶势力、劫路悍匪乃至扒手偷儿，同样表现为乖顺、柔懦，不敢反抗，怯于奋争。当犯罪发生时，周围这些善良的人都是在“乖”的文化培养起来的柔懦之人，他们非但不敢为恶，而且也不敢为善制恶，别指望他们能够帮助被害人和少数见义勇为的人。

龙应台曾经对她所称“懦弱自私的中国人”当头棒喝曰：“中国人，你为什么不生气?”她指斥20世纪80年代的台湾地区“最容易生存的不是蟑螂，而是‘坏人’，因为中国人怕事、自私，只要不杀到他床上去，他宁可闭着眼假寐”。她提醒人们：“在一个法治上轨道的社会里，人是有权利生气的。”“不要以为你是大学教授。所以作研究比较重要；不要以为你是杀猪的，所以没有人会听你的话；也不要以为你是个学生，不够资格管社会的事。你今天不生气，不站出来说话，明天你——还有我、还有你我的下一代。就要成为沉默的牺牲者、受害人!”

不过,在威权体制下,龙应台的棒喝恐怕收效不大,因为这种怕事、自私、谨小慎微的顺民,是家庭、社会刻意培养出来的。他们不仅在公交巴士上噤若寒蝉,就是在国家面临外侮之际,也常常俯首帖耳,维持顺民的招牌不倒。例如清朝洋人入侵,不过区区几千人而已,击溃中国军队以后,民众自发拿起武器保家卫国者寥寥,蒋廷黻感喟,咸丰七年(1857 年),英法联军打入广州,总督巡抚束手,“民众不但不抵抗,且帮助英国人把藩台衙门的库银抬上英船”。这种有家无国、明哲保身的顺民,正是历代政府“弱民”统御术的成果,鲁迅所谓“治绩”,岂是一句“你为什么不生气”能够乾坤扭转的?

如果我们始终热衷于从娃娃开始培养一代又一代胆小怕事、不敢“乱说乱动”的顺民,那么,对于公共巴士上该出手却不出手的乘客,对于遇到不平事不敢表达自己的愤怒甚至不敢愤怒的国人,对于在世界各地受到欺侮宁愿自认倒霉也不肯抗争的同胞,我们还能有什么话讲?!

# 新时代的"公车上书"

天下事，恒河沙数，偶有奇闻是难免的。

前段时间便有一件，值得太史公大书特书一笔：话说有多达156位"海内外学人"联名上书，阵容浩大，气势恢宏，所言既非庙堂大事，也非天下苍生，乃是一个籍籍无名女子10年以前提交答辩后来并未公开发表过的硕士论文，据说该论文涉嫌学术不端，惹得百五"学人"愤愤不平，捶胸顿足呼吁授予该女子硕士学位的中国社会科学院研究生院取消其硕士学位。

噫！杀鸡焉用宰牛刀耶？对付一个无权无势的女子，何必如此大阵仗？原来，这篇题为《关于刘菊花硕士论文涉嫌抄袭问题的公开信》的"公车上书"，针对的刘菊花不是别人，乃是多年来一直致力于打假的方舟子的妻子。也就是说，醉翁之意不在酒，在乎其夫方舟子也。

这事就显得有点龌龊了。既然明摆着是奔着方舟子去的，何不一招制敌直接打方，偏要拐着弯儿围攻其老婆以曲线打方？那原因显然是，这些个个义形于色的人并没有可以置方于死地的把柄在手，既然拱不动他，就干脆转而围攻他的菊花，进而抹黑他本人，而且罪名早已拟好：持双重标准，选择性打假；只打别人的假，不打自家的假——乌鸦落在猪腚上，看见别人黑，看不见自己黑。

不久便有明眼人发现，所谓“海内外学人”，真正海外学人屈指可数，其中两位的身份竟是笼而统之的“美籍华人学者”，其他的甚至连高级化学师、博士研究生、高级工程师也来充数。海内学人中滥竽充数的也不少，不但硕士生、博士生一大堆，连摄影师、记者也都成了学人，还有十几位律师都打着学人的旗号赶来亮相。在签署者中，不乏与方舟子有个人恩怨之士（包括被方舟子打过假的）带着挟怨报复的劲头前来排队，不过，旗号虽然鲜明，却在客观性、中立性上矮了半截。奇怪的是，签名的人士约有三分之一来自天津，难怪方舟子讥讽：这哪里是海内外学人，分明是海河内外学人。

对于是否存在学术不端行为，其硕士论文是否涉嫌抄袭，当然可以追问。不应该授予学位的，也并非不可取消硕士学位。这需要授予其学位的机构进行严格审查加以确定。我国学位之滥，天下大概无出其右者，若认真追究起来，不知多少人的学士、硕士甚至博士学位应被取消，论文引用不规范甚至抄袭，几乎成了还在延续的“历史共业”。“公车上书”与其揪着刘菊花一个人的头发打，不如呼吁全国各高校科研单位对已经授予学位的论文逐一重新检查以验明有无抄袭或者其他学术不端问题，进而决定是否取消已经授予的学位。倘若这样，与这种百人团大阵仗是否显得更相称一点呢？骂方舟子选择性打假的，现在不也是在选择性打假？

如今公开信已经公之于世，这场戏的参演者也都按姓氏汉语拼音为序排着队亮相了。不少人为之欢呼喝彩，大称其快，还不忘对刘菊花、方舟子踩上一脚。喝彩者中不少人是因为不喜欢方舟子，或者过于喜欢被方舟子打过假的人而踊跃加入的。不喜欢方舟子，主要是因为方舟子针对具体人进行打假揭弊的做法触怒了乡愿社会，惹得乡愿之士不满。所谓乡愿者，貌似忠厚而毫无原则、媚俗趋时之辈也。子曰：“乡愿，德之贼也。”说的是毫无原则的滥好人乃道德的祸害。乡愿之士遇到方舟子这种不留情面揭露谎言和欺骗的打假者，自然看不惯，于是心生恶感，见有人围殴他，就成了拍手欢笑的围观者。还有人不喜欢方舟子，竟是因为不喜欢其面相，如今不但是女色时代也是男色时代，不长一张让人赏心悦目的脸孔，便无端树了不少的敌人。

深入揭批刘菊花的汹汹人群中，有一些在绿坝问题上找到“道德制高点”。他们将曾经“力挺”绿坝的报道当作刘菊花（现职为新华社记者）人生抹不掉的污点，不顾刘菊花的解释和说明，把一笔绿坝账算在刘菊花一个人头上，当作围攻刘菊花的壮气之理、严词之义。殊不知绿坝是绿坝，即使刘菊花真有力挺之事，也是另一回事，可以直接加以查证和评判，不能成为大阵仗攻击其学术不端的理由，何况刘菊花对此早已解释澄清，把许多是非判断混在一起，就使是非更加淆乱。

如今一百多号人以“公车上书”形式发表公开信，对一个女记者发起猛攻，让人想起清末为挽救国家危亡而发起的真正“公车上书”，霄壤之别，高下立判，真不可同日而语。据说有两位已经声明签名未征得本人同意，因此 156 个联署者变成了 154 个。我熟悉的两个朋友参与了联署，我问原因，他们说是朋友邀约，碍于情面而签署，其中一位还兼因不喜欢方舟子的打假方式而签署。

百五人一声号令紧急集合，汇集在围攻刘菊花的麾下。是否可以从中尝出一点易卜生《人民公敌》的味道？

# “大师”多起来

闭门家中坐，真个安详和谐，没有祸从天上来之忧，要是没有互联网和报纸杂志相伴的话，也真如井底观天，不知这世上的“大师”忽然多起来。

“大师”一词，不知起于何时。查《现代汉语词典》，说得很清楚，大师就是“在学问或艺术上有很深的造诣，为大家所尊崇的人”。这个词也是棋艺之类的等级称号，或者是对和尚的尊称。作为对和尚的尊称，大师大概是“大法师”的简称。

看起来，“大师”一词并不是什么了不起的称谓，但在习惯中，世俗中人能够被奉为“大师”的，都是超强绝伦之士，如京剧名角梅兰芳是名副其实的大师，一般浪得浮名者还真难弄这一顶帽子戴戴。因此，虽然有依《现代汉语词典》的标准足以称“大师”者，如季羡林先生，却坚辞“大师”。京剧名角谭元寿先生也不敢以“大师”自况，在一次记者采访中，谭先生谓：“现在连我都被称为‘大师’，这京剧能不衰落吗？”

不过，另外一个方面，“大师”的称谓又很滥，对于已经高龄或者有相当名气护持的学界和艺术界人士，不少人喜欢用“大师”去恭维他，不少人欣然接受，真以为自己是大师了，自我感觉良好。还有的，扭扭捏捏地接受，如余秋雨，说“大”师的分量没有“老”师重，所以笑纳这样的称谓。不知道这话是认真说的，还是玩幽默，反正不了解的人听着有点肉麻——谁不知道“大师”这个词在中国社会的分量呢？由于高校里“大师”太多太滥，王朔便调侃：“大师”已经成了“大学老师”的简称。

其实，我们如果注意到学界和艺术界的“大师”，见识就显得有限了。在这些“大师”之外，还有一种人，也被尊称为“大师”，就是在宗教的幌子下丛生的“大师”。他们并不是和尚，而是以精通佛法鸣于世的人，这也罢了，通常以此牟利，算是一种毫不辛苦的职业，不敢说他们是骗子，但多少有一种骗子味儿。这些人也都有一些拥趸者、信奉者或者认同者。曾经有某政法院校教师率领几个学生从北京出发到河北访“大师”，“大师”给他们讲轮回谈因果，教他们练打坐，一点常识的说教竟弄得师生顿时起敬起畏，虔诚得不得了。其中一名硕士生回到学生宿舍，连夜练打坐，坐到凌晨，便像一片树叶飘下楼去，参加轮回去了。对这个学生的死，“大师”当然没有责任，率队访“大师”的老师也未必有什么责任。这件事只是让人们注意到原来世上还有这种“大师”的存在，他们对精神上不设防或者随时准备缴械者进行忽悠，他们说法宣道，目的不过是骗几个钱儿花花。

还有更多不挂“大师”头衔的也扮演着类似角色，而且骗钱可能更多。近几年在机场候机楼附设的书店里，经常看见电视在反复播放教人发财（名目当然不一定这么直白）的音像片，片子里常见一个油头粉面的家伙在连珠炮似地教人怎么赚钱、怎么发财、怎么与客户打交道、怎么驾驭下属和怎么应付老板，像传销组织者对下线洗脑一般，用绝对化的语言去泯灭听众的独立判断。表情手势都展现着绝对自信，说得似乎头头是道，让不少人听得晕晕乎乎。不知什么时候，这种唐骏式的庸俗成功学已经走俏大江南北、长城内外，并进而催生出一群靠宣扬这种庸俗成功学的“名嘴”。他们用声嘶力竭、口吐白沫式的不断灌输来赢得一大群梦想发财的拥趸，让我们一进入候机楼就立即明白在我国这个社会什么样的梦想正在走红全国，并且意识到这种宣教真像“经济邪教”。

营养界也有许多雨后狗尿苔一样成长起来的“大师”，有的说红薯包治百病，有的说绿豆汤就是神仙汤，有的说生吃

| BY J. CHANG

茄子能够在腹内吸脂，有的说生吃泥鳅能治疑难杂症，一时妖孽四起，乌烟瘴气。还有的，以中医为名，到处忽悠，把自己弄得跟通灵了一般，以此创造名声，大肆敛财。

凡此种种，连犯了感冒、鼻子不通之士，都能嗅到一股“邪教”的霉味儿。

# “大师”身边的人

大师有两种，一种是自然形成、得到公认的，如京剧大师梅兰芳、相声大师侯宝林，在这个形成过程中，当然少不了他们自身的勤奋努力、天赋和某种机遇，这种大师经得起检验，受得起品评，可以屹立不倒的，但为数实在有限，屈指可数，有时候死一个少一个，难以为继，令人浩叹。前几年钱钟书先生、季羡林先生、任继愈先生等先后辞世，每次都让人生发大师难再之叹（虽然季羡林先生力辞“国学大师”的美誉）。另一种大师是应社会需要产生的，社会需要大师，于是一时风云际会就冒出了不少“大师”，大家都愿意用“大师”去捧他，他自己也心安理得以“大师”自命，“大师”就像雨后的狗尿苔一样忽然多起来。

有一伙人，专门装神弄鬼的，过去叫巫婆神汉，现在叫“大师”，于是李一、王林之流生焉。

我在中学时候，曾经看过一部电影，加演的纪录片是“特异功能”，耳朵认字焉，眼观地下管道焉，神乎其神，当时信以为真。表演特异功能的，都是少年，和我当时年龄相仿，那时觉得他们与我相距甚远，因此毫无羡慕嫉妒恨的感觉。过了一段时间，在一本杂志上偶然读到揭穿这一特异功能骗局的文章，恍然大悟，没想到纪录电影也有假。但揭穿这一骗局，对于我的意义，也只是得到“眼见不一定为实”的教训，而且一直困惑怎么拍电影的人也会上当受骗吗？至于谁揭穿的这一骗局，都没有在意，现在想想，真觉值得知道并且记住。

接下来就是气功热，各种气功大师组团亮相，记得在北京路边书摊曾见有严新等大师的传记，还有柯云路的著作。翻开那些“气功大师”的书，首先映入眼帘的是大师与高官显宦、社会名流的合影，显然大师是借以抬高身价，看了之后想到古代昏君身边常围绕这些术士，彼此形象十分不堪，对那些大师身边的高官名人顿时产生怀疑。倒是写过几本书揭露伪气功的司马南令我佩服，到现在为止，我认为司马南在不遗余力揭露伪气功方面功劳卓著，所谓“民间英雄”莫过于此。至于以后此君在政治方面荒腔走板的言论，非敢苟同，另当别论。

气功热退，“大师”有窜到美国的，有锒铛入狱的，也有癌症或车祸死了的，一时风流云散，社会少了不少喧嚣。过了多年，在机场书店里又见大师们亮相，这次是教人成功学的一群油头粉面、口舌如簧的人，他们把听众忽悠得如醉如痴，将成功学打造成一种“经济邪教”。打开电视，又现出许多中医“大师”，把吃出来的病再吃回去，绿豆也都跟着涨了价，尽管主持人努力扮天真，凡把“中医养生”弄得神奇无比的，大概也都不靠谱儿。

没想到，过了这么多年，这个社会还隐藏着一些特异功能的“大师”，而且颇有些拥趸。更没想到的是，这些“大师”的诈骗手法并没有进步，仍然是傍着名人合影，再晒出这些照片，以此抬高身价。“大师”王林的《中国人》画册隆重出台，王府的楼上也挂满了这位“意念捕蛇者”与社会名流的合影，便是典型的例子。要是没有马云带动眼球流动到这里，王大师还继续玩着耍蛇游戏，给名媛靓女开光呢。

王林“大师”不过是江湖骗子，不值一提。倒是“大师”身边的人让人着迷，外国元首且不论焉，有些坐皋比、发号令的大人物也和这个江湖骗子同挤在镜头下，真令人捉摸不透，王大师一有机会见到这些光彩熠熠的人物总要上前攀附一下，摆个 pose 弄张照片好唬人。然而奇怪的是，怎么这位“大师”总有那么多机会与这些轻易不露脸的人物交集在一起？究竟是谁作出的刻意安排，使一个走江湖的丑类人模狗样地露出小人笑脸并且固定在画面中。

最大的嫌疑是当地某些当政官员，他们成为骗子后面的推手，甚至将骗子夸耀成本地的传奇，骗子之所以茁壮成长，离不开这些官场粪肥的滋养。对于这个上身脱得精光的骗子，当地有关部门不能查处，与这些官员的愚昧与腐败有密切关系。即使“王大师”现了原形，有关机关的查处仍然不给力，还坐等有人登门控告呢。

还有一种不堪，是那些明星，他们本来深受社会尊重，许多年轻而不貌美的姑娘（男青年也有的）把他们奉为偶像，一见到他们就尖叫连连。王林曝光了他们，让人们看到所谓明星不过是一群蠢蛋，他们围绕在“大师”面前露着傻笑，有的甚至跪在江湖骗子面前虔诚顶礼，让人对于他们的智商顿时产生怀疑。当大师被揭露之后，他们集体失声，也许背地里仍然坚称“大师”的特异功能是真的，变蛇变酒绝不是魔术。呜呼！天下有这样人傻钱多的人，难怪“大师”活得有滋有味了。

令人意兴阑珊的是，如今“王大师”一溜烟逃到东方之珠并且自命为“斯诺登”去了，我们多少有点想他。

# 神经衰弱的高考

高考刚刚落幕，两则新闻让人瞠目结舌：

一则是住高层的朋友倒霉了。这奇闻说的是，某楼有一个要参加高考的学生少爷或者少奶，其本人或者父母嫌电梯上上下下影响其复习和休息，便将电梯停掉，要知道这座楼十几层，住在云端里的朋友只好爬上爬下，纤手一点就升降自如的幸福日子暂告段落。

另一则更绝，高考居然殃及青蛙。本来“春草池塘处处蛙”是怡人景色，蛙鸣也有田园野趣，不幸的是，遇上有要参加高考的学生少爷或者少奶，连青蛙也性命堪忧。因蛙声而不安，有父母担心蛙声搅扰宝贝儿女专心复习和恬然入梦，对池塘里的青蛙痛下毒手，将青蛙全部毒死，于是周边一片静谧。

我不知道这两则奇闻里的高考生考得怎么样，为了高考，功夫下到如此超凡绝伦的境界，要是不考上北大清华，简直势难为人。

在第一则新闻里，那些爬楼梯朋友是否啧有烦言，不得而知，我猜他们在生活陡然变得不方便的同时可能会表示理解，毕竟高考关系人家子弟一辈子的大事，若只是几天的生活不便，忍忍便是。换了我，也许会生气，虽然隐忍为美德，遇事不必放出恶声，但心里会质疑：凭什么一人高考，大家为你受累，谁给你的权利让大家为你放弃电梯，何况电梯的声音又不像拖拉机或轰炸机，如果连这点噪音都不能忍受，耳朵未免太过敏感，不去充任“听风者”实在浪费材料。我疑心这位高考者根本就有强迫症，每天竖着耳朵像雷达一样喜欢捕捉电梯的声音，否则何以至此？

读第二则新闻，我不能不为因死噤声的青蛙鸣几声不平。蛙声有时声声入耳，有时呜哇难听，好听与难听，取决于听蛙者的心境。按说蛙声即使不是雅音，也还不至于扰人清梦。枕蛙声而眠，反而清梦甚惬。另外，过去读书，有人专喜有蛙声处；还有的，专往闹市人生喧杂处读书，乃至传为美谈。如果人对书中知识痴迷，不大会受外界嘈杂环境搅扰，对于书中知识只是硬着头皮死啃，又兼神经衰弱，内心焦虑，才会因外界一点风吹草动而分心走神。想我堂堂中华，历史上考试之重要莫过科举，科举历史之悠久，至晚也可以追溯到隋；自古以来，天下举子之多，可谓恒河沙数，“三更灯火五更鸡，正是男儿读书时”，那备考的劲头也不亚于现在的高考。恕我识见浅陋，从来没有听说过为了用功读书或睡几夜好备考觉而下手屠蛙的。我的疑问是：人何毒辣蛙何辜，这种伤阴骘的事是不是只有当代人才干得出？

从这两则新闻里，我读出某些国人的极度自私。人有利己之心无足为怪，但利己到损害他人利益甚至殃及动物，就超越了应有的界限，变得内心晦暗、行为可鄙。我不知道这类禁行电梯、毒杀青蛙的做法培养出来的学生是否会有忍让心、公德心，是否能学会体谅他人和爱护动物？我为这种家庭的示范行为捏一把汗。

这两则新闻让我想到的是，高考一贯如此，总有个别人举止变态失常，还是昭示如今的高考变得越来越疯狂？

我注意到常常有人呼吁对待高考要平常心，不要将高考当作人生的唯一希望之路。社会上出现的下述苗头与这种呼吁没多大关系——2015 年一百多万高中生放弃高考，有些预备出国，有些农家子弟感到上大学不过是鸡肋，毕业时靠的是拼爹，无权无势无钱的草根子弟到头来未必有多少机会改变命运，不如减少家庭负担，开始创业。近些年来，官方媒体经常传递这样的信息，不要太过专注于高考，让高考在平静中度过。但是，一到高考，大小媒体还是一窝蜂进行报道，乃至渲染，不停放大高考的新闻重要性和创造紧张感，让我等两耳不闻窗外事的冬烘之士都被裹挟着非注意高考不可。

记得近三十年前本人参加高考之时，考生、家长和学校老师心情紧绷，但媒体尚不发达，高考的社会关注度并不高，紧张气氛还没有向社会蔓延。那时的高考算是大体干净，未闻有将作弊的手伸到高考领域者。如今某些地方学校老师、学生和校外人员通同利用技术手段作弊，简直骇人听闻。不仅如此，那时没有当下这么多名目的加分项目，几乎就靠卷面成绩决定胜负。我时常在想，要是我今天参加高考，还在“各就各位，预备”的时候就已经有不少人抢跑，一想到这，在焦头烂额复习备考之时能不焦心如焚乎？

焦心如焚兼焦头烂额，做梦都能自我惊醒，到时候对电梯声、蛙鸣声、风声、雨声等人间万籁都会格外敏感吧？

## 满身尽带黄金卡

张思之先生劝律师读书，特设“读书奖”以奖励那些潜心读书之士。

读书而有奖可拿，当然是乐事一桩。不过，依我之见，真对读书有兴趣的，便无奖又何忍释卷？对读书没兴趣的，便有奖又怎肯耽读？读书，本为读书人的乐事，视书如仇者的苦差，本来不干阿堵事。这个道理，不难理解。

我想律师读书，起码有几个好处，一是充实自己，丰富自己的精神世界，便于脱俗；二是吸收各种有用知识，增强判断力，学会明察；三是提高法律人拥有的人文素养，对于待人接物处理案件大有好处；四是使自身更加专业。日本管理学家大前研一曾言：我们这个社会缺的不是人才，而是人才不够专业；每个人都可以成为专家，要成为专家，就应不断学习，包括读书。

不过，法律专业人士似乎对读书并不热衷。来自石家庄的宋律师在“读书奖”启动仪式上谈律师与读书，提到律师不读书原因有二：

一是读书无用，饱读诗书，即使达到“腹有诗书气自华”的化境，于官司何所助益？没人因为律师读书多而赐其胜诉。二是律师受人钱财，当然要殚精竭虑为委托人办事，每天一觉醒来“一脑门子官司”，哪能静下心来读书？他举了一个例子，去年年底，与一位同行寒暄，问他近日是否可以闲一闲读点书，对方道：“忙得很，哪有时间读书?!”问他：“法院都突击结案了，没结案的等过了明年元宵节再说了。你律师还忙个啥?”对方道：“忙着给法官送卡啊!”这里所谓“卡”，指的是购物卡，律师先去银行买单，换来购物卡往法官那里送。一卡在手，不必直接拿现金过眼，彼此两便。一谈到“卡”，这位律师谈起他的经历：“送卡给法官时，法官埋怨道：‘送什么卡呀，直接送钱来不就得了？我这口袋里装的都是卡，沉甸甸，满当当，要是失脚掉到河里，浮都浮不起来。’”

这话听起来，真叫我等孤陋寡闻之士大开眼界。许多律师瞧准了工作以后“黄金屋”和“颜如玉”都到了书外，真正呼风唤雨之辈大都“刘项原来不读书”，功夫花在读书上，对于大捞其钱，没啥帮助，何必灯下执卷作大学教授状？律师之间这番私房话还透露出一个令人不安的讯息：在不少地方，司法腐败如果不是更严重的话，也可以说是依然严重，严重到一些法官“满身尽带黄金卡”的程度。司法如果成为金钱的婢女，正义之厦就坍塌了一半，这对于望眼欲穿、企盼法治社会早日出现的草民，实在是当头一棒。

我国对于腐败虽屡有打击，成果也相当可观，但似无根本好转的迹象。这是因为当一个社会腐败到了一定程度，仅仅抓捕并惩治少部分人是不可能使腐败敛迹的。贪腐者众，受到惩罚的毕竟只是少数倒霉蛋，贪墨之群为腐败付出的成本不大。在这种情况下，腐败就会继续蔓延，花样翻新。小小“黄金卡”就是近年来贿赂手法创新之举。章忠祥撰文《拿什么遏制“腐败卡”现象》，谈到“年年岁岁禁卡急，岁岁年年送卡忙”（见《方圆》第 288 期），“黄金卡”不卡，禁卡令才卡。究竟“卡”在了哪里？应该大声追问。

“黄金卡”像钓鱼金钩，比“借书卡”更有利于律师大发诉讼之财，你劝律师读书，岂不是让律师把头摇得快要掉下来？何况，即使随时见人手一册，都在努力读书，制度不改善，司法不加力，腐败还照样猖獗，还是不能得到遏制。

当然，张思之先生劝读之意并不在于遏制腐败，他只是痛感律师素质良莠不齐，想律师借助读书以提高自身素质，此番苦心，不细加体谅，对不起这位期望殷殷的老人家。

# 不问苍生问鬼神

本来以为国人经过多年唯物论训练，早已不信神也不怕鬼，可以脚踏实地，头脑清通，不迷信，不膜拜，不信轮回与前生后世的因果。那些为非作歹的，也因这个缘故而无所畏惧，不信那头上三尺真有神明，许多缺德事，例如给食品下毒啦，假药假酒啦，屠狗虐猫啦，给熊插管啦，给牛注水啦，一桩桩一件件，都放手去做，心安理得。后来逐渐发现，也不尽然，国人之迷信，也还是无时无之的，只不过经常变换花样，不拘泥于某一宗教或者根本不拘泥于宗教而已。

这些年来，总是听到有人谈起风水学正走俏官场，掌握一州一邑或者某一部门的官员不但遇佛拜佛，逢仙奉仙，也与一些风水师互通款曲，求其指点迷津。这种事情，最初偶尔听人口述，当作茶余饭后的谈资，后来见媒体时有披露，便知此风日盛，不再是个别现象。不是有风闻某中级法院善用地利之便，从香港请来大风水师(我印象中，香港弹丸之地，偏多这类术士)来看风水？据说风水师用眼一瞄，便发现端倪，认为法院门对烟囱，不吉利；台阶为 11 级，不吉利。在风水师的指点下，拆除台阶，改建为9级；在门口矗立两个石狮子，以镇邪祟，还重新布置了领导办公室格局。于是法院获得平安保障，长官获得高升助力，主人开颜，客人尽欢。只不知风水师从香港来，是否免费为人民法院服务，获益多少银两，要是腰包饱满，是不是拿纳税人的钱买的单？该法院自有一套说辞，声明改建台阶与其沉降有关，搬来石狮子，也不是为了风水布局。后来又闻媒体报道有地方斥巨资建巨大关公石像，矗立山头，居高临下，后因领导觉得于自己的风水有碍，勒令拆除，一建一拆，自然都不由领导倾私囊买单。又有一地，同样因一在建楼过高，恐拔地而起，穿破领导风水，官爷一声令下，停止施工。这路事知道多了，才意识到我们一些官员不知什么时候开始，把无神论搁置一边，纷纷信起风水，我们社会的“大师”忽然多起来，各种“妖孽”都顺势沉渣泛起，也与此有关。

仔细想来，国家官员迷信风水，原因不尽相同。有的是闻说风水之学不无道理，不都是迷信成分，因此机关大楼建造之时，找人看看风水，让自己主政下的建设工程更为完美，这一个动机，还算说得过去。有的是相信冥冥中有神秘力量操纵着个人命运，盼望善用风水学为自己的仕途前程增加机会，所谓“好风凭借力，送我上青云”是也。还有的，是贪墨之士，做了亏心之事，日夜担忧，惟恐东窗事发，想借风水避灾辟邪，与其信其无，不如信其有，把风水当作自己的护身符。

不管哪一种情形，国家官员信风水，多少说明无神论在这些人的心目中已经式微，他们在意识形态上向有神论输诚。对于国家官员来说，如果不是执政党的一员也就罢了，如果是，起码观念已经背离了执政党的宗旨，这种党员干部要是还能坐得稳权力宝座，甚至平步青云，获得高升，实在是纪委监察部门对该人未尽明察之责，提拔他的上级领导如果不是默认这种风气就是无知人之智。按道理说，迷信风水恰恰是断送自己的仕途前程之道，果真是这样，那么官场风水学断不会有蔓延之势。

信术士，迷风水，多少让人产生一种联想，那就是为君则为昏君，为官则为昏官。为官之道，各有心传。在官僚体制之内，官员只要博上宪之欢心，就有了步步高升的条件，精明强干和政绩卓著与前一个条件结合在一起，就更无往不利。在民主社会，主要官员须得选民支持，才能在一定时期掌握和维持权力，对民众冷漠以对，不关心民瘼，不为民众服务，无异于仕途自杀。这两种情况，都与风水无关。迷信风水，大多是昏庸的表现；也有的，虽然精明，却相信世间存在某种神秘力量，这种人将自身利益看得比什么都重，将私欲私利置于民众利益之上。

在执政为民、司法为民的口号下，敬那些江湖术士为上宾，只爱纱帽只爱钱，不问苍生问鬼神，是太不和谐的景象。为官一任，善用手中的权力，为民众多做点实事，不糟蹋公帑，不受贿行贿，不祸国虐民，才是正途。对于那些迷信风水的老爷，我想怯怯献上一言：那苍生不能够决定您阁下的仕途前程，神明大概也不能，岂不闻“小信未孚，神弗福也”？何况，乘上“神七”上去瞄瞄，神明可在那儿呢？

# 见义勇为者戒

见义勇为是社会倡导的良好风尚。不过，因见义勇为摊上事儿的，已经不止一起。

有的事儿，是因为见义勇为过了头，刹不住闸，闹出个不好收场。还有的，说不清对错，反正惹得一身腥臊。我就知道有一个小青年，见大家追贼，丢下自行车也去追。贼走无路投有河，扑通一声跳下水，想游到对岸逃脱。这小青年怎肯善罢甘休，拿起石头砖块就扔，其中一块打中那贼的头部，眼见得眼睛一翻呛水淹死了。这下好了，小青年造成那贼的死亡，就惹出麻烦，不但被死者家属索赔，还被刑事追究，闹得窘迫万状。此事如何收的场，不得而知。这类事情，若非形诸报端或者上了电视，大家并不知情。更让人叹息的，有的见义勇为行为，行为人没有过错，也陷入麻烦当中，像粘在蛛网上的小飞虫，挣扎不起。这种事，让见义勇为者寒心不算，连带大家都跟着心酸。

话说近来有一件公案，大学生图某兴高采烈从四川来到深圳谋职，心想要是在这个经济活跃的窗口城市找一份满意的工作，顺便感受祖国日新月异的快速发展成果，对于大学四年的学习来说，算是一种圆满。这书生带着浑身天真气质，到世界之窗主题公园大饱眼福（这是初到深圳的年轻人通常都要游玩的地方），正巧遇有女子呼救，定睛一瞧，正见有一男子在纠缠一名女子，后来知道那男子是“世界之窗”的保安宋某。这宋某网聊了一位女子，今天见面，情不自禁，上来就乱摸，摸得那女子心慌，心想刚见面咋就这么热情，推脱不掉，只好放下羞臊，大声呼救。小涂听到声音，见此情状，心想光天化日之下，怎容得龌龊之事，立即和另一位同学上前救美。那男子跌了一跤，后来有人提供证言说小涂踢或者踹了那男子一脚，小涂不承认，这事还有待进一步核实。当时小涂和他的同学拉那女子离开，那男子跌在地上呻吟，说小涂弄断了他的腿。小涂哪里肯信，还以为他在编谎讹人。没想到，那男子还真的骨折，报警把警察叫来。警察将小涂拘留，7 天后报请检察机关批准逮捕，理由是小涂防卫过当，构成故意伤害犯罪。

我揣摩警方的意思，是猥亵行为侵害强度小，防卫造成宋某骨折（构成轻伤）事大，两者不对称，再加上小涂在深圳并无住所，按照自我便利的习惯做法，把人送看守所一关，万事大吉，只要再取得预期的口供，就十分美满了。如果再以恶意揣摩：这“世界之窗”的保安队伍是公安机关管理的，关系自然非浅，一个哥们儿被踹折了腿，怎能让肇事的逍遥法外，赶紧拿下以儆效尤。

不料，这见义勇为行为导致失去人身自由的事一经网上传开，舆论哗然，不少人疑惑：这都构成犯罪，以后该出手时怎出手？还有人质问：向歹人踢一脚也构成犯罪，以后就只能路见不平一声吼，吼完咱也不动手。

以我拙眼观察，假如警方并非故意偏袒宋某，那就是办案太过草率，有不负责任乃至滥用职权之嫌。事情的起因不难调查，见义勇为性质昭然，小涂没有主观恶性可言，甚至可看作是新时期青少年学习的榜样，不认定是模范反而找他的麻烦，这是判断能力差还是对个人自由权利缺乏敬畏？

退一步讲，即使小涂防卫过当，从案情和小涂的个性特征来说，都不必采取强制措施，遑论羁押性强制措施。假如小涂在制止猥亵行为时踢了宋某一脚，造成宋某骨折，为制止正在发生的违法犯罪行为而踢上一脚，谈不上有行为过当之处，至于造成有猥亵行为的宋某受伤，并非小涂所预期，也非必然发生。假如小涂在见义勇为时手持利刃对手无寸铁的宋某乱捅，是防卫明显过当。踢上一脚，虽然造成骨折的意外结果，不好说是防卫过当。刑法对于防卫过当的规定，总的精神是放宽衡量尺度，毕竟在防卫过程中情况紧急，非平时可以理性、冷静判断、拿捏分寸可比，判断标准弄得过于严格、机械，就没有人敢放手防卫了。再进一步想：假如不是小涂而是警察在制止违法犯罪过程中飞起一脚，不料想造成对方骨折，是否也要将该警察拿下、拘留起来？

令人庆幸的是，在舆论议论鼎沸之际，检察机关审查批准逮捕中认为小涂的行为情节轻微，不构成犯罪。让大家长舒了一口气。

看来舆论又起到一次正面的推动作用。

可惜小涂从看守所中走出来，已经是被关押 14 天。他与母亲回四川，叹息道：以后再遇到这类事，我只报警，不会身体力行上去相助。

这句话会成为见义勇为者的戒律吗？

当我联想起小悦悦在车轮碾压之下无人过问，当我担心人们将小涂见义勇为的遭遇引以为戒，当我想到以后再听到呼救声音可能不再有人上前施救，我的内心无限苍凉。

## 另类的进步

在社会转型的哈哈镜时期，因各种因素作用，有些进步会变形，成为另类的进步。这种进步不为社会所满意，很少有人视之为进步，许多人提起来还会深恶痛绝。

民国初年，袁世凯皇帝梦破，很快翘了辫子，国家陷入军阀混战的乱局。不过，尽管今天我打你，明天你打他，后天我打他，老是这么打来打去的，要是想名正言顺地当上民国大总统，还必须经过国会选举。如直系大将吴佩孚就公开表示总统问题必须“依正轨而行”，即必须由国会正式选举产生总统，决不能绕过国会，自我加冕。曹锟贿选丑剧，就发生在这个时期。

陶菊隐先生著有《北洋军阀时期史话》一书，称曹锟是 1356 万买来的总统。书中记述甚详：当时正值“1923 年 6 月直系驱逐黎元洪后，原拟立即进行总统的选举。不料国会议员纷纷离开北京，不但总统选举会无法召集，就是宪法会议也因人数不足而经常流会”。曹锟有意问鼎总统宝座，必须吸引离京议员返京，当时的策略有二：一是假借召开宪法会议的名义骗诱议员回京;二是用金钱贿买的方式引诱议员回京。贿选经费的取得近乎勒索,最后总算筹措了充足的数额,为展开贿选创造了前提条件。当时与曹锟打擂台的是被逐逃津的黎元洪,他不甘心失败,拿出部分私财,给到津议员提供“旅费”,每人 500 元,企图凑够人数在天津召开国会,重组政府。另一股与曹锟争夺的力量是“反直同盟”,连孙中山也按捺不住,派人到北京劝告国民党议员和反对直系的议员前往上海,“反直同盟”准备在上海召开国会,来沪议员每人每月可领到 300 元津贴,引得到天津的议员也纷纷转去上海。可见若论贿买议员,岂独曹锟为然!曹锟贿选经费筹足之后,立即准备总统大选事宜,在京议员出现宪法会议有出席费,出席常会可以借支岁费,每月有 600 元之多,后来常会出席费还增加为每星期 100 元。这种收买政策很有诱惑力,在外议员纷纷返京。接下来就准备大选了,票价拟定为每张 5000 元,后来规定大选出席费另加 200 元(后提高为 500 元),带病出席者外加医药费 200 元。1923 年 10 月 1 日,曹锟进行大选的机构发出支票 573 张,每张 5000 元,除普通票价外,还有 1 万元甚至 1 万元以上的特殊票价。10 月 5 日,曹锟以 480 票当选为中华民国“总统”,共花费贿款 1356 万元。

曹锟虽然如愿以偿当上总统,但贿选一事丑闻四播,弄得举国谴责。丁中江先生《北洋军阀史话》记载:“曹锟贿选成功后,10 月 7 日,国民党发表宣言,申讨曹锟。9 日孙中山以大元帅名义下令讨伐曹锟，通缉贿选议员，并电段祺瑞、张作霖、卢永祥一致行动。同时以大元帅名义对列强宣言，以中国全体人民视曹锟之选举为僭窃叛逆，请各令其驻京代表，避免任何行动可使僭窃者引为国际承认之借口。”曹锟的总统就职典礼也受贿选的影响，“就职典礼并不隆重，因为参加的除了曹派人物而外，就是拿了钱被人责为‘猪仔’的议员，撑场面的尽是北京的军警，如此总统就职大典，未免太不像样，其实花钱买总统来做，又能像什么样呢”。

贿选乃选举之大敌，在选举人被贿买的情况下，不可能有公平的选举。不过，从另一角度思考，同样是破坏公平选举，曹锟比老袁做得好些，如陶菊隐先生所言：“曹锟用利诱的手段取得总统，和 1913 年袁世凯用威胁的手段，堪称‘异曲同工’。袁在选举总统的一天，派出大批军警并唆使‘公民团’包围国会，非选出总统不许议员外出，曹也派出大批军警对国会进行了‘和平’包围。以前投票选袁经过 14 小时，而这次投票也经过 6 小时。所不同的是，这次选举备有午餐茶点，却比选袁时忍饥挨饿的情形好得多。”

毫无疑问，相对于真正公平的民主选举来说，贿选当然是一种邪恶的败坏行为，贿选之风可能会吞噬掉民主的进步力量，使政治发展的步伐停滞不前。不过，换一个角度思考，贿选也不失为一种进步，之所以这样说，是相对于根本没有民主选举而言的。被选举人的一方肯花钱去贿买有选举权的人，是因为他们手上的选票有用。如果选票是一种走形式的草纸，谁会肯花银子去贿买？

进一步思考，民国初年虽然兵荒马乱，但如中国社科院研究员王学泰所言："军阀多是'有枪就是草头王'的粗人，可有时他们在法律程序面前也会心怯和低头；那时够得上知识分子这个称号的也许就是十几万、至多几十万人吧，而其政治影响力、其社会示范效应，却可以是空前绝后。"以这种见识重新思考曹锟的贿选，对于历史的认识才不至于过分悲观。

当然，一个国家或社会要走向民主，不能满足于贿选这种相当另类的进步。要祛除贿选的毒瘤，必须建立、健全民主选举的法制，不在这个方向上作出努力，没有周密、完善的法制，贿选就可能一直存在并不断蔓延。遇有贿选等邪恶现象，应当通过完善民主与法制来祛除，不能因为存在贿选等问题，就退回到没有民主选举的威权时代。要知道，缺乏完善的民主制度和配套选举的法制，恰是威权统治的后遗症。眼中只看到民主发展中乱象而看不到其进步意义，就有重新回到威权时期甚至不自觉地为极权主义抬轿子的危险。

# 附辑

## 小楼台集

登山至半途，有半山亭可以小憩。文集中何不设一半山亭，方便各位看官小憩？

小楼台集野草闲花，读书人至此歇脚饮茶，无妨随意采之。小楼台，为读书添一份闲适而已。

不是新来怯凭栏，小红楼外万重山。
自添沉水烧心篆，一任罗衣透体寒。
凝泪眼，画眉弯，更翻旧谱待君看。
黄河尚有澄清日，不信相逢尔许难。

——顾随：《鹧鸪天》

## 有赠

你说，拨开千重雨帘才来到这里
发上有些濡湿是难免的

我打开所有的灯
让光泼洒下来
点起所有炉火
让它发出温暖的回声
在中午，在家里，将所有的门窗开启
让八月的风吹进来——
我想让你
感受雨霁云开的日子
让你的心
晴朗起来

只有灯灭火熄，午夜的门窗严扃

你才会发现

我的心燃烧得像一朵午荷

脚下有些灰烬是难免的



BY J. CHANG

## 恍如错过

子夜有灯，读你信中
边城的故事
读你信上的吻痕

拉过一张小凳，让它空着
想你不知在哪里
听陋巷犬吠

烟波千里，人生如幻
历经缥缈，也许
你的笑声，在每一级台阶上
摔成栖霞，进入远景

我把门窗紧闭

把梦想夹入历史

把鸟关进栅栏

把关于你的记忆撕碎

想起你时

我的心旌便摇晃不定

恍如错过了什么



BY J. CHANG

## 距离

打开电脑，寻找随手写下的诗
一片片凋零的叶子，树根下堆积
静静，在黑白照片里

欣赏这些文字的人，纷纷故去
吟哦的人也是
一落笔，就是黄昏了

等到曲终，围观的人白发如霜雪
随船灯漂往远处，乍明又灭——
想必都是，遥不可及的事

晚明的诗人，还在用
盛唐的月光佐酒
还有褪了色的胭脂

害上相思病的红烛

先锋的诗人成群,不期而至
饮酒的姿态有古风,醉语也是
苦吟的身影,也是

放浪形骸之后,花瓣狼藉
一地的诗句狼藉,却不似

原来——

语言,可以迷幻组合在一起
思想,无规则排序
斑驳的墨迹
以及愤怒或者爱的情绪

面对电脑,我想检索
那一惊之下被斫伤的深度
以及从今生到前世
仿佛无穷无尽的
距离



| BY J. CHANG

# 一九六〇年代

对不起，我的兄弟姊妹
一场短跑，我赢了你们

十个月黑甜的日子
几年来混沌的生活

直到一支小巧棒冰
让意识啄破蛋壳
人生第一口，奶油味道

记忆的最初印版上
天安门与北京站重叠
金水桥开出绿皮火车

多年后才听到一首歌：

无产阶级文化大革命

就是好，就是好来

就是好……

多年后才明白这个道理：

无产阶级文化大革命

真的，不怎么好



BY J. CHANG

# 一九七〇年代

隔着几十年，凝神谛视
单薄的少年，眼里是迷惘
还是纯真，谁能看分明？

红色的旗海外
样板戏的韵律里
我望见自己

我望见自己，在路上
母亲是唯一的方向
挡在厚帘子外的风
裹着游子回家的心情

诗一样的年龄，读不到诗的年代

标语，在黯淡的墙上
口号，在喑哑的喉咙

不知道博尔赫斯
不知道苏轼和席慕容
只知道一部《水浒》
好就好在投降

旧的鞋子，声音比影子还轻
肥的裤子，身体比黄花还瘦
追逐的游戏，在风暴之外

这是我，一段高粱红的岁月
成人队伍的外面
神色迷惘的，懵懂少年

我望见自己，在一九七〇年代
每一个黄昏
我记得，黄昏里的迷茫

## 童谣

“你家门前可有小溪？
小溪里面可有小鱼？”

这声音，温软如你的手
在满天星斗的梦里
再次响起

执子之手的那个夜晚，星月朗朗，
你喃喃说起童谣
十八岁的面庞，眉眼皎皎
你的心暖暖

你不知，这世上
还会有落泪如落雨的日子

一朵灯花在心里绽放
也有光焰坠落的时候

花香搽拭过的夜晚
十八岁的我，
正心思迢遥，穿越关山
单薄的行囊，装不下
一首童谣

许多日子
就这样
不知飞到哪里，和云
一起飘

“那么，到我家门前来吧。”

想起这句话，已经二十年后
打更的梆子远去，青石板的路
延伸到雨里



BY J. CHANG

梦里的雨，总是不停地下
有人想家，却不知
把门叩响在哪里

你说过的童谣，落在我心底
我把回忆拖上船
锚，沉得拽不起自己

| BY J. CHANG

## 我发誓，我来过这座城市

重新登上石阶，还能找回
少年时留下的梦吗

我来过，呼吸着这里的月色
栀子花的香味
藏在冬日的雨夜里
所有的潮湿，曾经
一遍遍点染我的忧郁
遗落在廊柱前面
我的青色的情感
还被一盏灯照看着吗

我发誓，我来过
这座城市
那时我很瘦

口袋里有几枚硬币和一本诗集
风在一条巷子穿过

应和着石匠的敲击声
我的心，曾经
快活得像一枚纸鸢——
如今，怎么会这般锈蚀，
不断锈蚀……

这座城市，变得如此陌生
江水的涛声，还是岁月
将记忆抹去
将所有我熟悉的风景抹去
风景里那些人，和他们温婉的笑
一一消逝，像一支支忧伤的曲子
在我的身边滑过

我该向谁询问：我是谁
这是哪里？

我发誓，我来过
这座城市

BY J. CHANG

谁的素手在撩拨这只琴

哪一条幽深的巷子响起过这支曲子

雨打在油纸伞

风刮过枫树林

这种激动，真的，已经很少有了

自从

你与一位女子

挤在一块玻璃后面

自从你摆下双人卧塌

打开房门

飨宴的喧哗声越来越远了……

生活是一条单裤
被你的双手洗得泛白
岁月的手也在洗你啊
皮肤洗得粗糙
头发由黑转白

吊嗓子，咳嗽之后
耽想前清那帮少年
从另一个沼泽到达墓地

## 三 笑

那一个丽日，可记得香火旺？
善男善女对佛遥拜——
草花香，柳丝长
记得你温婉的一笑
裙裾拖曳的阶台
绰约婉转的江南

那一座楼船，可记得渴睡的灯
记得你心里的悬想，怔忡？
倘若此时
轻轻擎起一盏茶
淡香一如你的笑
水声轻漾，波动碎银
记得你的皓齿一闪

假装含嗔的眸子
掩饰不住笑意
看江南才子,一投足
竟是憨态可掬
一个长揖,起身
人已远去,只留下
云淡风轻的一笑
和一段传奇

千古佳话,就这样
流传开来
人人都说,这一番美谈
全是因为
你的一笑、再笑连三笑

只有我知道
俯身为奴,皂靴青帽
顺眼低眉
乔装寻你到太师府
其实,都不过是
为了你的回眸
临去秋波那一转

## 牵挂

我和你

是一幅青绿山水

山前山后两个人

负手，拄杖

在尺幅空间里

在尺幅空间里

参与商，永不相遇

流云无语

流水无语

飞过的蛱蝶也无语

## 慰藉

如果高兴，高兴一天便好
如果悲伤，悲伤一夜便了

你看那清风明月
依旧皎皎，依旧悄悄
你看那柳烟花影
依旧淡淡，依旧小小

如果高兴，嫣然一笑最好
如果悲伤，恬然入梦便了

你听那清江上的欸乃
依旧悠悠，依旧袅袅
你听那翠袖下的琵琶

依旧切切，依旧嘈嘈

如果高兴，击掌欢笑便好
如果悲伤，低眉听箫便了

请珍重，这温柔女孩
奄冉如羞，红粉花梢
请相信，这青涩少年
执子之手，与子偕老



| BY J. CHANG

## 葡萄

思恋太久，终于由青转紫
心中涌起的话
一句句涨成浑圆

多个场合看到你：
夜总会迷离的光影，
与啤酒杯俯仰在一起
茶话会氤氲的下午，
润泽与干涩，与葵花子排比
自助餐吸引来的客人，
眸子偶然相对——

亲情不会偕来，这些场合
最后的结局，都不过是

消失或者残缺

总有一个时刻，可以远离喧闹
找一个安静的角落
谛听儿时父母召唤回家的声音

再捡一串暗紫的回忆吧
想起某个薄暮的册页
一双素手轻轻拨去紫衣
送一颗饱满的怜爱
到我唇边

是上帝的念珠啊
一粒入口汩汩作响，岁月的滋味在喉间

那手，是母亲，还是情人？
昏花的老眼看不分明
如果此时
有人看见我泪流满面
我会说：是葡萄，是葡萄……



BY J. CHANG

## 青春

自行车
是一匹减了肥的马
结实,骨感

飞身跃上它
矫健前行的样子
青葱岁月,一下子流动起来

身体的线条勾勒
很帅的背面,侧影
还有好看的鞋袜

这个季节,阳光明亮
一样的阳光面庞

眸子里不见一丝寒凉

轻快,如一声鸽哨
无声骑过的青春
碧波新起的汶漾



| BY J. CHANG

## 花样年华

女儿是水做的

水做的眸子，水做的心

月亮升起，青衣的少年

便在《思凡》的句子里

想念碧桃的颜色，襟上的唇痕

这少年是你，在茗冷之后悄立

在纳兰性德的微喟里悄立

你有水的颜色

莲的颜色，月色凝成的颜色

是清代的伶人转世

流盼的神采仍然动人

但年代变了，市廛的风景远了
那个每晚在茶楼的角落
暗恋你的心，碎了

假如，握过你的手的
拂过你的面的，熨烫过你的心的
一段温情，被梦送来，
你仍然会心慌，会羞涩吗

每个夜晚，挥不去
缱绻的心情，信笺知道，鱼砚知道
楼上的八哥也几乎知道



BY J. CHANG

# 钟

你若不看钟
钟也不看你

长针追逐短针
总在嘀嗒声里

美丽的错误啊
达达，不是马蹄

是时间的折摧——

暗中记录你行止
把人生带向终局

朱颜变成苍首
鹤发没入荒丘

钟的名字
贴切得让人惊惧

挂在墙上的生死簿
躲在家里的无常鬼

你忘了时间
时间没有忘记你



| BY J. CHANG

## 老

夕阳靠在一面墙上

想要行走,也想停留

一面风筝拽下余晖

风把它吹散

我在想,

是把摇椅弄出声响

还是安坐不动

沙漏里喧嚣的声音

听不见,水壶里的喧响也是

却听见

岁月断裂的声音
在骨质疏松时候，特别尖锐

太快，又太慢
几十年压缩成了一天

多像安坐在高铁车厢
看窗外许多往事远去

光影黯淡下来的
这尊塑像
难以下咽的一口气



BY J. CHANG

## 海 子

感情需要寄托

你把绝望寄托于铁轨，你知道

那不会长久

急刹车的尖锐声，至今还在回响

每天，一列列怪物隆隆碾过

阳光普照

远处，长城爬上山脊

你没有听见，你的诗都耸起耳朵

每个字都在尖叫

头垂下来，不再看见

满地的烟蒂纵横

都是鏖战后的模样

镜子里的脸，赌徒张大的眼睛
桌上的纸条都疲惫地倒卧
每个不眠不休的夜
忽然成为往事

苦吟的诗人，再也无从收拾
狼藉一地的情感
把灯影打进行囊
把行囊扔在角落
把自己推出门

朝北走，朝着山的青色走
迎面走过去
把血释放出来

在离海不远的地方不见海
砍柴、骑马都成了传奇
你朝着一个方向走，突然笑了
春暖花开的心情



| BY J. CHANG

## 海子（二）

感情需要寄托
有人把感情寄托于你
在每一张哀戚的脸上
抑制不住惊喜

你本来是被遗弃的
红楼那么遥远
未名湖的粼光
绾不住你的身体

你被爱情遗弃
寂寞是无声的
孤独是一个角落
你把灯影熬成诗，把诗

吟成鞭痕

身影在烟雾里燃烧
灵魂像纸片一样飞
黑白遗照里蓬乱的头发
像弥漫开来的血

你是幸福的，还是痛苦
你是正常的，还是狂迷
变得毫无意义

二十年了，多少人膜拜不已：
你的诗，经常被提起
一首，一首中的几句

春暖花开的季节
吟着你的句子
庆幸你的死



| BY J. CHANG

## 祈 祷

为我的视觉留下一点晴空
让我想起宇宙曾与我相连
不要让我在草原偶一抬眼
惊骇于密密匝匝点点繁星

为我的嗅觉留下一点槐香
让我咂摸雨后湿润的滋味
不要让车灯与路灯的问候
映照出心底墨蓝色的凄凉

为我的听觉留下一曲琴声
还有幽潭里的一点点水响
我已经听厌了绀紫的争吵
看厌舞台下尖叫族的疯狂

我不想影子被暮色收拢
覆盖心灵的一小片雾霾
汇成城市的一大片灰幔
膨胀成世间无尽的欲望

为我的面庞留下一点微笑吧
在我忘记天是蓝的
水是清的
声音是甜美的之前



| BY J. CHANG

# 暴 行

闪电不足以形容你的快

如果放慢镜头

你划出的弧线很完美

出脚的角度无可挑剔

我在视频外面观望

琢磨不透

我想知道：

谁给了你欺凌弱小的权力

你把皮鞋的硬度赏给一个乞丐

衣裳褴褛的老人可笑地撞在硬硬的墙上

你把一个斜角送给一个动物

你把为主人担忧的狗踢出视线

你不相信神灵

也从不相信上帝的存在

对你来说

佛祖不如佛手来得实在

我不知道，这件事发生在哪里

却感觉到通道里刺骨的寒气

我不知道，你是谁

你是谁真的并不重要

我想问一句，就一句：

谁给了你欺凌弱小的权力

我无法上前挡住你的神勇

我在一个城市的角落诅咒你

并且，在一个悲惨世界里

我为自己曾感受到的幸福

感到耻辱



BY J. CHANG

# 赋别

## 1

一种感觉总是非常美丽，
你嫣然一笑，我的心惘然。

记忆中，有人在落雨的街头走过，
穿过湿漉漉如发的陋巷，
蓦然发现一条大江横在前面，
横在一位诗人大笑之后。

江水汤汤，
在都市上空那轮满月的俯视下，神秘如雨。
没有钓竿，没有蓑衣，
青衿湿得如暝色染透的草野，
感情在一刹那泛滥开来之后，

便是寂寞。

## 2

你我相识在一个黄昏，

相识在点点微雨的珠帘里，

在一大段以茶代酒的时间中。

那时候，思绪在一条雨巷延伸，

你姣好的容颜有时竟如昙花，

言语简短如夜的灯有瞬时的微温。

此后，你我共同分享微寒，

分享漠漠的雨，

我的心是你心上的伞。

无论比肩游走在江岸满布的卵石间，

还是看夜如墨，舟楫下的水如谎，

期待里总带些心跳的怦动。

但分别异地、远隔重城的威胁时时在心头萦绕，

你我如约微笑，矜持地保持距离。

直到那一天，我送别你远去，

如送秋云，送暮色，送昨日的自己。

看你张大的眸子掩不住的失望，
朦胧中看雁影在每一秒中定格，
看你的影子闪过碎石的路，
闪过桥，闪过雨的流苏，
看你在我记忆中凝结。

## 3

从此以后，每次雁归都衔不来你的微笑，
只记取一条小巷，
小巷内你的足音清脆不已。

其实，没有你，我的世界仍然井然有序，
但往日的殷情已经将我重伤。
惘然于惘然中，看大江东去，
看云光和水，江上的水雾因你而清新。

在怀人的情绪里，
叠双手在枕上忆曾识的旧容，
无数心事正涉水而过。

## 四季

山涧，一朵迎春
看不见自己的颜色
是微笑的颜色，梦的颜色？

书生伏案睡着了，美人从画上下来
“知了”的声音是催困的
庄子和蝴蝶，最适合夏天

“苹果”在每个人的手上
朱唇却只肯吻一吻流萤
银杏树一把把小折扇，摇得秋已经深了

一年过得是不是太快了？
我仰起脸，看见翻飞如雪的日历
燕山一夜头白

# 第五辑

# 瓜棚豆架答客问

大多数暴力冲突被人的内在力量所抑制。易言之，自我控制阻止了大量潜在的暴力行为。因此，在不考虑暴力行为的根源的情况下，暴力行为的直接原因是自我控制遭到破坏。

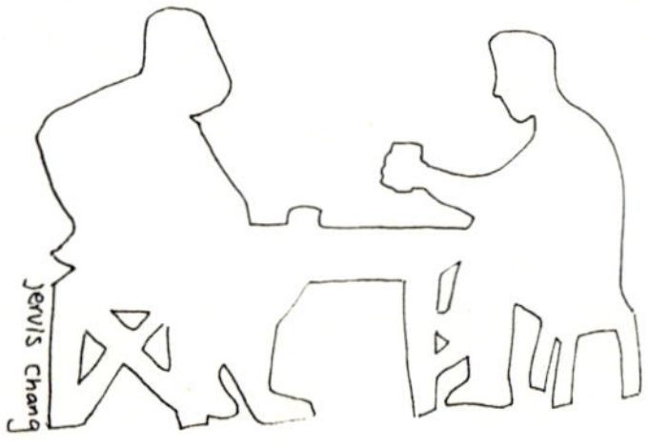

## 中国的文化真的江湖化了吗？

客问：演艺界鄢颇被砍，居鹏被杀，臧天朔被抓，再到近期老作家张扬殴打湖南作协女干部，纸老虎胡忠遇害，肖传国雇凶报复方舟子等事件频出，从古代知识分子一直崇尚的“温良恭俭让”“君子动口不动手”到目前文化圈动辄拳头相向，大打出手，乃至铁锤追杀，文化圈出现了巨大反差，是什么造成了这种局面？文化人自身的堕落？文化圈底线的缺失？抑或时代或其他深层次原因？

答曰：这些拳来脚去甚至刀光剑影的暴力、血腥事件，原因各异，邪正不同，但都贯穿着一个主题，就是这些事件都发生在文化人圈子里，看在社会一般人眼里，实在反差太大，属于新闻学中所谓“行为者异常”现象。文化本来是与“文明”接近的词，含有“教育”“知识”等含义在里面，法国维克多·赫尔曾言：“‘有教养的人’即是文人或是才子的同义词。”现在文化人忽然不“文化”起来，这就是“行为者异常”，本身就是一种特殊的文化现象。究其原因，其实很复杂，比如张扬殴打湖南作协女干部就与肖传国雇凶报复方舟子存在本质的不同,不可同日而语。从个体看,有的出于个人的卑劣动机,有的却是出于义愤,有的是利益纷争,有的是挟私报复。但无论出于什么具体原因,有一个根本原因,就是整个社会的江湖化和暴力化倾向——人们相信暴力是解决各种纠纷的最好办法。现在的社会风气中有"相逢江湖,强者为王"的成分,文化圈作为社会的一部分,也不免与之连通。当暴力被看作是解决各种纠纷的最好办法的时候,就不可能有法律和正当程序信仰的立足之处,后者相信法律和正当程序才是解决各种纠纷的最好办法。有的是曾经寄望过法律和正当程序,但最终失望甚至绝望,于是舍公力救济的途径转而寻求自力救济——自己用武力来实现正义或者解决纠纷;有的压根无法通过法律和正当程序实现自己的不正当利益或者出一口恶气,更容易选择暴力手段。后者这样做的时候,往往因法律惩罚的缺位和司法的懈怠,使他们得到"鼓励"。所以,文化界的江湖化(如今已经初现端倪)背后,是需要检讨的司法。从文化本身看,活着的这几代人早就没有多少儒家"温良恭俭让仁义礼智信"的文化修养了,遇事与那些文化层次比较低的人一样恶语相骂、拳脚相加甚至雇凶伤害、杀人,这本身就是传统文化长期以来败坏的结果。

## 灭门案的示范效应

先胪列一下近来发生的惨案：

2009年11月23日，北京大兴区清澄名苑，犯罪嫌疑人李磊因家庭积怨，残忍杀害了自家的6名家人。

2009年12月13日，湖南男子34岁的刘爱兵，杀死了包括亲生父亲在内的13名亲人。

2009年12月27日，北京大兴区清澄名苑南区3号楼6单元302室，30多岁的男子张武立杀害了自己的妻子和仍在上小学的儿子后，报警自首。

2010年2月4日，贵州铜仁地区松桃县普觉镇西门坎村39岁村民祝财发，用刀割断睡梦中7个亲人的喉咙，旋即乘车到县城投案自首。祝常年在外打工，已有5年没回家。

2010年2月10日凌晨3时许，石市灵寿县南营乡漫山村发生一起灭门案。受害人张堂保一家6口被杀死于家中。

……

问：以大兴年前三宗灭门案为例，“杀亲”“灭门”等犯罪是否会“传染”，是否会引发示范效应，犯罪传染该如何理解？

答：在无从了解这些案件更细致的内容、特别是对行凶者缺乏了解的情况下，很难判断一定时间内接二连三发生的同类案件是否有着彼此影响与被影响的关系；不过，就一般意义而言，犯罪是具有传染性的，“杀亲”“灭门”等犯罪当然也不例外。犯罪传染如同疾病的传染一样，当某种犯罪发生，这种犯罪有可能会被仿效而形成复制效应。这是因为犯罪往往具有示范效应，典型的例子是在我国曾经发生过 12 个月内接连发生 11 起劫机案件的极端例子，这就是犯罪具有传染性的表现。侦查中，有时会发现一个村子多人从事同一类型犯罪案件，如拐卖妇女儿童，就有这样一种现象，甚至形成一种地域性。另外，贪污、贿赂等犯罪有时也会发现“窝案”现象，这种犯罪按照烂苹果定律而蔓延，先是一个苹果发生腐烂，如果这个苹果不被清除，整个一筐苹果都会烂在一起，这就是犯罪的传染现象。在短时间内频发某一类案件，有可能是巧合，但也不排除犯罪像传染病一样蔓延，特别是大兴区同一住宅区内仅仅一个月左右的时间里发生

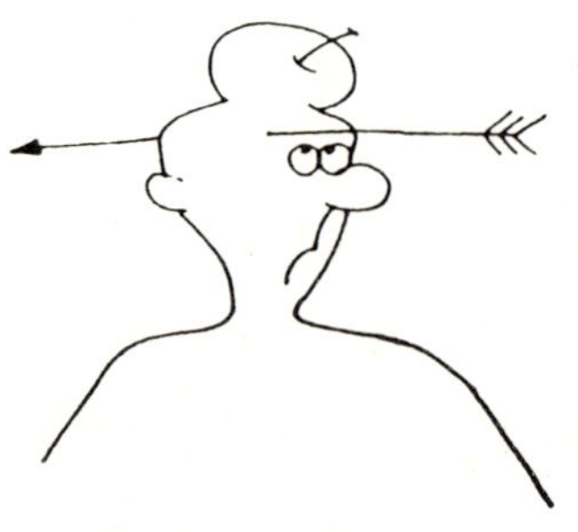

有关苹果的传说与“百步穿扬”的箭法有关

BY J. CHANG

两起灭门惨案,后者受到前者“传染”的可能性更高些。

问:接连发生的恶性灭门案,会给社会带来哪些冲击和影响,该如何看待?

答:接连发生的恶性灭门案会让人产生强烈的不安全感,甚至对人性抱有怀疑与绝望的态度,增加关系紧张的家庭成员之间的疑惧与不信任。这种案件也容易使人们对社会产生不满,认为人心不古,道德约束弛废,社会败坏。这类案件也提醒人们在处理家庭关系时要更加谨慎,避免激化矛盾,出现矛盾时要小心防范。

问:在媒体报道中,“家庭积怨”“邻里纠纷”被引为悲剧的诱因,该如何预防“家庭积怨”“邻里纠纷”升格为刑事案件?

答:“灭门案”“杀亲案”往往由“家庭积怨”“邻里纠纷”引发,学会用更为理性的方法处理纠纷,包括有人居中调解矛盾,使矛盾不致凝结和放大,是治本之道。

这说起来容易,做起来却不那么容易,它取决于处理矛盾时的冷静、耐心与技巧,当事人的文化水平与修养以及他们的人格特质,以及民间调解机制是否存在与健全。这类矛盾的情感因素占的比重很大,情感有时会压倒理智,在这种情况下危机就潜伏下来,会突然爆发。

问:近年来,“灭门案”“杀亲案”频繁,有何共性的特点、规律,其背后折射的社会因素又是什么?有何预防对策,以及应当反思的经验和教训等？

答："灭门案""杀亲案"折射了社会中存在的暴戾之气。我们的社会在改革开放中取得了辉煌成就，但各种社会矛盾也日益尖锐化，恃强凌弱的现象大量存在，在法治社会还没有塑造成型的情况下，暴力等方法而不是法律的正当途径被看作解决各种纠纷的不错的选择。在处理家庭矛盾和邻里纠纷时，这种社会风气和影响也会突出表现出来。美国学者罗伊·F.鲍迈斯特尔的一段话有助于我们分析这种现象："攻击性和侵犯性可能是自然特性和后天环境交互作用的共同产物。某些暴力类型如青年男性的进攻性的普遍存在，表明自然特性对某些群体的作用比别的群体更大，而攻击性和暴力似乎都深受社会环境的许多因素的影响。环境的改变也许不足以完全消除暴力，但它能够增加或减少这类事件的发生或是将他引入别的特定形式。从同样的观点出发，攻击性也并非是内在冲突的随意爆发，而是发生在特定条件下的对这些条件的含义丰富的反映。"

问：灭门案的凶手是否都存在一定的性格缺陷，是否人生观、价值观都偏执，能否分类？

答："灭门案""杀亲案"是极端恶性犯罪，不少行凶者有着人格缺陷，性格暴躁、偏执这类人格异常现象比较容易引发这种特殊案件，很显然，在异常人格之下，存在一定诱发因素，一个人就很容易剑走偏锋，这是因为行凶者的自我控制减弱。当然，不是所有的行凶者都具有同样的人格缺陷，但他们的共同之处是在外在的刺激面前失去了自我控制，一时间丧失了理性。

美国学者罗伊·F.鲍迈斯特尔曾分析说："大多数暴力冲突被人的内在力量所抑制。易言之，自我控制阻止了大量潜在的暴力行为。因此。在不考虑暴力行为的根源的情况下，暴力行为的直接原因是自我控制遭到破坏。"有人格缺陷的人，遇到刺激时的自我控制更低，容易产生暴力反应。"灭门案""杀亲案"的凶手同其他暴力犯罪人一样，具有低度控制或者过度控制的心理人格特征，低度控制者无法抑制攻击冲动，当他被激怒或者遇到挫折时，容易以暴力进行反应。过度控制者有高度的挫折忍受力，能够忍受一般的挑衅。但当外界刺激超过其忍受的限度时，就以暴力反应。哪些"灭门案""杀亲案"属于低度控制或者过度控制的心理人格特征，要具体了解才能作出判断。

问：灭门案的案发期有无规律，是否都在冬季或者年关前后频发？

答：某些犯罪有季节性，如强奸案件的发案率在春暖花开的时候往往上升。最近引起社会关注的几起"灭门案""杀亲案"都发生在年底和临近春节，不是偶然的。一般规律是，年底和春节前后有些家务事多起来，亲戚之间更容易聚在一起，为了过年因一些事情的争论也会多起来，爆发严重冲突的可能性更高于平时，由此引起的伤人毁物案件也就多起来。

问：农村的发案率是否高于城市？

答：一般规律是，较低层的社会经济阶级更容易发生包括暴力在内的犯罪案件，文化水平不高、道德修养很差以及社会地位低、经济状况差，更容易产生暴力犯罪。“灭门案”“杀亲案”无论发生在农村还是城市，一般都具有这一特征。

## 赵一曼的“二度被害”

问：作家石耿立说他引用的三份档案均来自公开出版物，是不是文学作品当中涉及史实的东西引用公开出版物就可以免责？假如这三份档案真实存在，作家如此详尽地引用是否恰当？

答：石耿立的作品中对赵一曼所谓“受刑”过程的详细描述让我想到我国一些出版社曾经出版的作者署名“西村寿行”的多部作品。这些作品以描写对女性进行残暴的性虐待著称。不同的是，“西村寿行”的小说并不标榜“纪实”，是虚构的作品；石耿立的作品却是以“纪实”为名对赵一曼所谓受刑情况进行“西村寿行”式描述，读后会令相当数量的读者反感、厌恶。

石耿立所谓引用的三份档案的内容颇为可疑，即使真的存在这三份档案，难免让人疑惑，为何这些档案那么细致入微地描写受刑者的身体特别是乳头、乳房、会阴、阴道等处的生理反应，这些描述究竟想达到什么目的？莫非接受报告的日军长官有读这种明显带有性虐待色彩的报告的癖好，还是对电刑效果要做 731 部队人体实验式的记录，还是为将来日军罪行预留证据或者为作家石耿立提供写作素材？我想正常理性的人即使在公开出版物读到这三份所谓档案，也不能不对这些问题发生疑问，进而怀疑其档案内容的真实性。一个作者在其文学作品当中涉及史实的部分应该对真实尽注意义务并谨慎地加以核实，对于真实性存在明显疑问而不加以核实造成错误并不能以引用公开出版物为由免责。假如这三份档案真实存在，作家如此详尽地引用也是不恰当的，这些档案的内容不仅涉及性和性暴力这一敏感内容，很容易激起读者对这些的厌恶之情，即使是真实的，将这些令人反感的文字加诸有名有姓真实存在过的人物身上，就要为被描写者的人格尊严负起责任，它会造成对读者良心的冲击，作者也应该照顾到读者的心理承受能力。

问：有一种观点认为，写当代历史人物总是触碰到这些历史人物子女及后代敏感的神经，那为了避免官司缠身，我就绕道几百年甚至近千年，去写古代人物，假如作者写作时有损先人的人格尊严，这时又该由谁站出来为先哲讨个公道呢？

答：英国小说家威廉·萨默塞特·毛姆曾言："一部传记要是真实描写一个人，他就会以一个巨奸大恶的形象出现在世人面前。"正像太阳也有黑子一样，人无完人，每个人都有一个负面的形象。写当代历史人物是不能以"高大全"为标准的，如电影《梅兰芳》那样。在真实原则之下，还原一个人的本来面目，使其裸脸素面地面对后人，即使触碰到这些历史人物子女及后代敏感的神经也不应该成为困扰作者的羁绊，更不应该为此承担法律责任或其他不利后果。但要对真实存在的人进行描写，背离真实，损害其人格尊严，那就是另外一个问题了，其后人有权主张权利、讨个公道。

问：写赵一曼这样的抗日民族英雄与写别的历史人物之间有什么区别吗？或者说有什么需要多加注意的问题吗？

答：其实，写任何历史人物都有个真实与分寸的问题。歪曲一个人的个人史和个人形象，侮蔑其人格尊严，与歪曲历史一样，都是应该加以谴责和抨击的。要说赵一曼这样的抗日民族英雄与写别的历史人物之间有什么区别，那就是她背后有民族的尊严和民族的情感作为支撑，另外她是一位女性。写这样的历史人物需要注意的是：一要照顾到民族尊严与情感；二是不能把女性减缩为性。

问：假如您进行文学创作，在尊重历史和保持文学卖点上，该如何把握平衡的度？

答：不能为了文学卖点而脱下别人或者自己的裤子给人看，或者无粪可耙也要虚构一个粪坑搅给读者看，这是一个写作的底线。写历史人物应该以真实为原则，历史人物传记以历史真实为原则，纪实性的文艺作品以历史真实为基础，允许艺术真实为补充。如果是以历史人物为原型的虚构作品，这个历史人物也应当有一定真实为基础，虚构的部分在事实逻辑上应当成立。不过，有一种特殊情况，那就是真实的历史人物成为文艺作品中的“虚构人物”，与其真实面目大相径庭，该真实的历史人物反而不为公众所知，据说历史上真实的陈世美就与《铡美案》中的陈世美迥然不同。近代的例子则是电影《甲午风云》中某些负面形象与历史真实不同。这就需要将虚构的人物与真实的人物区分开来，现在的作者在写作的时候应该注意到对历史人物不能泼污血。至于完全虚构的作品，不能以虚构为名行污蔑、诋毁之实，假如只是与真实的人物纯属偶然地发生雷同，那么是不承担侵权的法律责任的。至于有人疑神疑鬼、自动对号入座，如《阿Q正传》发表时出现的那样，尽可以不必理他。

# 说三道四　七嘴八舌

江安淮晏海澄波，共唱凉州乐世歌。
座客善讴君莫讶，主人端要和声多。

——陈寅恪：《闻歌》

# 抵制国货，一招就灵

国人抵制日货，屡战屡败，总是搞勿成；抵制国货，却一招就灵，卓有成效。

毒奶事件不就是如此吗？“中国制造”的产品一日之间恶名昭著，可不是西方“妖魔化中国”的产物，纯粹是国人自相戕害、自我妖魔的结果。

毒奶事件并不是偶发的，若国人把眼光只放在毒奶上，就不会有食品安全的那一天。要知道，孔雀石绿、苏丹红、石蜡、福尔马林等引发的食品事件，都曾经轰动一时，震惊社会，但事件过后如春风吹马耳，舟过水无痕，有毒食品仍然层出不穷，毒奶事件的教训还没有得到深刻反省，政府官员已经纷纷出面要保声名狼藉的毒害食品的生产企业了，“喝奶秀”便是一例，面对这一切，我们怎么能重拾对入口之物的信心？

人们难以消除这样的担心：下一个爆发的食品安全危机又涉及哪一种食品，什么化学物质？

# 政治场里的“供需平衡”

先看新闻报道：

西南政法大学三年级的姚一博抢到了发言权：“平安重庆是根本，我们希望打黑除恶一定要坚持下去！”

薄熙来问大家：“打黑除恶你们赞成不赞成？”

全场300多位同学声音响亮有力：赞成！

四川外语学院三年级学生付予说，大家都喜欢“唱读讲传”，我们用8个语种诵读《共产党宣言》。相对于单纯的说教，诵读红色经典，生动活泼，更能激发我们立大志，为国家民族兴旺担当责任。学生们还强烈希望市委、市政府把红色经典文化活动坚持下去，用制度化的形式发扬光大。

薄熙来又问大家：“唱红歌，读经典，大家喜不喜欢？”

全场齐声响应：喜欢！

陈寅恪点评：江安淮晏海澄波，共唱凉州乐世歌。座客善讴君莫讶，主人端要和声多。

鲁迅点评：救救孩子！

# 西安天价“禅修米”

近些年来，少林寺以其出位的表现引人注目或者侧目。少林CEO释永信被举报多起丑闻，到底真相如何尚不得而知。位于西安的“少林都市禅堂”又被踢爆借禅修为名大肆敛财。一碗米饭要价80元，一碗稀饭要价30元，啧啧，真是米饭任性、稀饭坚硬。

一碗米饭、稀饭，何以一般饭店要价不过一两元，这里竟敢狮子大开口？说穿了，不过借了“禅修”二字来做文章。宗教靠的是“信仰”，靠宗教发财的，也就顺水推舟借“信仰”牟利，于是僧不僧、道不道，清修之地处处礼崩乐坏，诈骗钱财之事无日无之。一个普通的物件，值不了几个钱，却以所谓“高僧”予以“开光”为由，致价格不知翻上多少倍；还有的信徒请佛，更要请“高僧”做法事“开光”，献出的钱钞数目惊人。这些欺蒙愚昧之士的手法，本质上与所谓高价“禅修米”本无二致。还有不少假僧尼、假道人，每日坐在佛寺中骗钱敛财，弄得神圣之地一片乌烟瘴气。

这些借宗教饕餮金银的人，实乃宗教的掘墓人。当年中世纪欧洲偶像和神秘力量被打破，可以部分归因于一些宗教人士弄虚作假。如同我们社会，这些靠佛祖敛财的人，是真正的无神论者，他们一点也不觉得自己的行为会受天谴，才能这样放手大胆胡作非为。我们多年来无神论教育，在这些人身上体现出“成功”。

至于为“少林都市禅堂”供米的企业宣称一碗米饭 80 元都可能无法收回成本，我的理解是，180 元都可能收不回成本，盖因太贵没人肯花冤大头钱去买，自然成本就收不回来。如果这个奇葩企业持的是其他奇异原因收不回成本之说，在佛祖面前，对于该企业想象力的回应，我只能呵呵两声。

## 好奇害死猫

有时候恨恨地想，既然有些人执意找死，不如由他去吧。当你怎么都拦不住一个人愚蠢的时候，何妨让他吃点愚蠢的苦头，也许还能变得聪明一点？按说这个社会反毒品的宣传算是够多了，对于毒品的危害也不难了解，但是还是不断有人往毒品的火坑里跳，乐此不疲。追求时尚的年青人充满猎奇心理，无足为怪。令人叹息的是，当香烟已经不能填满一些人的空虚心灵，人们便尝试吸毒。毒品升级换代，自有其魅力。如今的合成性毒品跟时尚联了姻，吸毒变成时髦之举，于是瘾君子的队伍日益壮大。

好奇心人皆有之，但好奇与愚昧一联合，毒品就变成了耍酷的助力。问题是，好奇既是人、尤其是年青人的天性，你无法消灭好奇，只能致力于消灭毒源。我在远处眺望毒品圈，一时想不明白的是，国家打击涉毒犯罪不遗余力，禁毒机关年年都有好的成绩单，怎么这毒品不见少反而愈来愈多呢？如果那些荷尔蒙旺盛的家伙虽然好奇，但是根本接触不到毒品，好奇也不至于自害。但是，事情怎么不按照善良人的愿望往良性发展呢？想想这个问题，可能更接近禁毒问题被忽略的实质。

## 骨头里挣出来的钱才做得肉

我想起20世纪80年代改革开放之初，有一则消息报道，大意是说北京外国语学院一名大学生到新华书店盗窃被发现，他打死了值更人。这名大学生后来被判处死刑，没有能够逃脱法律的惩罚。《中国青年报》报道的时候，谈到他的日记，里面抄录一句萨特的话："他人就是地狱。"评论说，这句话揭示了他走上犯罪道路的原因。如今的大学生与那时的数量相比，恒河沙数，车载斗量。即使如此，大学生犯罪仍然引人注目，何况有一起案件的犯罪人竟是北京大学的学生，又是法学院的学生，而且是法学院学生会主席。

这位学生家境贫寒，母亲含辛茹苦供他上学，他却用一双盗窃的手毁了自己的前程。这不仅是他个人的悲剧，他的父亲早在他只有三四岁的时候就去世，母亲独立支撑家庭，抚养他和另外两个女儿；他的母亲一直在火车站做清洁工，一个月工作29天，只得到1000多块钱的微薄收入，过年过节也从不休息，另外家中还欠着8万元债务，所以在他母亲身上我们感受到更大的悲怆。我们以哀矜的心情看待这位本来有着不错前途的大学生，更以同情的心情感受她母亲期望的破灭。同时，我们心情未免复杂地思索他所说的“没有钱啥都办不了”的感叹。我们可以引用《儒林外史》中的一句话来告诉他，即便如此，“须是骨头里挣出来的钱才做得肉”。君子爱财，取之有道，钱要干净，才得心安。

# “政绩工程”如何收场

无论中外古今，官场有许多不良习气，其中之一是利益驱动。凡对于自己政绩有加分作用的，就愿意大力推动；没有这种作用的，就消极怠惰。这一奥秘早就被马克思指出过，他说：“就单个的官僚来说，国家的目的变成了他的个人目的，变成了他升官发财、飞黄腾达的手段。”官僚们进行公务活动的动力来自对利益的追逐，奥塔·锡克也认为：“每个官僚制度必须同必要的物质利益结合起来；它不仅必须唤起每个官吏对严格遵守和执行各种规定的物质利益，而且也必须唤起保持对上司彻底服从的物质利益。因此，官吏的工作总是由上级官僚进行估价，上级官僚也决定是否对各级官吏加封晋级。因此，每个官吏都努力完成自己的工作，做到在形式上符合顶头上司的要求；这个上司也同样只注意履行自己所受托的较大范围的公事，努力博得自己上司的赞扬，等等。”因此，可以得出结论：统治者达到效用最大化以及建立有效制度的能力，取决于有多少个官僚机构把统治者的目标视作他们自己的目标。“政绩工程”一词已经昭示了这类工程兴旺发达的原因，它们都与某些官员的政绩挂钩，这些官员的职务迁升的机会被置于“政绩工程”之上。这些“政绩工程”消耗大量公共财政不说，有的还造成恶劣的社会影响，当一些“政绩工程”与落马贪官联系到一起时，尤其如此。我们在为叫停全国数百项“形象工程”“政绩工程”叫好的时候，是否应当从根本原因上做些思考，从骨子里解决“政绩工程”泛滥的问题，进行相应的篱笆修补，例如花巨大的纳税人的钱出去，是否要经过人民代表大会审议批准并让当地全体纳税人知情呢？

# 一夜暴富思想

曾经，我们的社会大力抨击拜金主义。如果我的理解不错的话，现在也还在抨击金钱至上的观念。但是，社会观念自有其生成机制，条件到了，环境有了，拦都拦不住。这不，教育行政部门惊呼，一夜暴富思想在蔓延，怎么得了？于是妙招隆重出台，义务教育阶段要落实劳动与技术教育，学生要学习家政、烹饪、手工、园艺，学校要为学生安排劳动家庭作业，让学生回家洗碗、洗衣、扫地、整理家务。我听了这消息，固然是心潮澎湃，佩服至极，盼望着妙招一出，立竿见影，渠成水到，一夜暴富的思想一扫而光。不过，兴奋之余，心中也划过一丝疑虑：一夜暴富的思想绝非学校自行产生之物，乃是社会风气对于学校的侵蚀。既然社会上拜金之风日炽，一夜暴富的渴望满街游走，你就是让学生洗再多的碗，扫再宽的地，又有多大效果呢？要知道，如今的贪官不少正是当年的苦娃出身。规律表明：越是少年贫寒之士，一旦长大成人有了贪腐机会，越有可能贪心不足蛇吞象！

# 马路上的“忍者神龟”

创意和歪点子，只有一窗户纸之隔。君不见：深圳有一对付闯红灯者的绝招，让闯红灯的行人戴绿帽子、穿绿马甲，在路口现身说法，劝导他人要遵守交通规则。

我看了这则新闻，首先想到的是古代的“象刑”，就是以特定标志借助人的羞耻心来达到刑罚的目的。想不到这种春秋战国时期的老玩意儿，在号称现代化程度较高的深圳也能看到，激动得我差一点买张机票赶紧过去一览其盛。不过，我又转念一想，现在不是已经依法治国了吗？警察叔叔强迫违章行人戴绿帽、穿绿色马甲，所依何法呢？如果行人拒绝穿戴这套奇装异服，又当承担什么后果呢？我估计，这个奇特做法的新闻效应会起到让行人警醒作用，唤醒不少人“红灯停，绿灯行”的意识。不过，这个做法是否具有可持续性，我深有怀疑。过去上海整治行人乱穿马路闯红灯，是电视曝光兼罚款五十大钞，似乎也只是热闹一阵就过去了。现在行人是不是故态复萌，我多日未去上海，不得而知。深圳的做法，估计只是运动式执行，效果一阵风而已。

戴绿帽的人只是对帽子的颜色有点异议，其他倒也没说出什么来，真是依法治市之下的好市民，值得隆重表扬一番。

## 不该管的瞎管

谁说国人缺乏创造性和想象力，我就跟谁急。有些官老爷的奇异想法和做法，极具创意，令我等下民感佩不已。四川巴中那里有个通江县，下发一纸通知，号令全县四方公职人员和群众办寿筵须过七十高龄再说，要办寿筵还得预先准备证件申报，等待官爷审批。原来民众办个七十寿筵，还得惊官动府，人家要过六十大寿，难道就成了违法办寿？真是亘古未见之奇闻（古代是否有过此类制度，笔者见识浅陋，尚不知之，姑妄言之）。通江县的太爷们大概本意是好的，现在国家公职人员借自己老爹、老娘办寿敛财，乃是腐败风气的一种，须要严加管控，但是管来管去管到老百姓头上来，手伸得未免过长。该通知在媒体曝光之后，通江县的领导发现自己的不“通”，于是方向盘一拐，将通知变成了只针对国家公职人员违规操办宴席的监督检查。问题似乎就这样化解了，可是问题的实质是政府权力的有限性原则失灵，这一要害并未受到触动。我们的大有为政府、万能政府的意识，不是又错过一次检讨的机会了吗？

# 政令不出中南海

尝闻“政令不出中南海”，近日阅报，看到 2004 年国务院办公厅下发《关于暂停新建高尔夫球场的通知》，该通知要求暂停新的高尔夫球场建设并清理已建、在建的高尔夫球场项目，不禁产生好奇心：这个通知下发后有没有发生立竿见影的效果？我想，一时之效必定是有的，地方上“顶风作案”虽不乏先例，但是上级文件下达，在多数地方还是能够产生一定效果。只是效果的久暂，却难以预知。这不，国务院办公厅下达通知后的 10 年间，同样的禁令从中央机关发出，多达 10 道，但是这 10 年间全国高尔夫球场数量由 178 家突飞猛进到 521 家，这 10 道禁令如春风吹马耳，没有起到踩刹车的作用。发禁令的只管发禁令，建球场的照样建球场，禁令成了泡沫。何以如此？盖因

禁令有了，违背禁令没有处罚，或者虽然规定有处罚，却没有人监督其落实，就必然出现禁者自禁、违者畅违的局面。于是一道一道禁令继续下，一个一个球场建起来，禁令成为彻底的银样镴枪头。禁令禁不得，还不如不下禁令。法制也是如此，法治之形成，决不能光靠标语口号，违法行为就像钟摆一样，需要有人来制止。不强化法制的制裁作用，违法乱纪行为得不到遏制，法治的基础恐怕永远建立不起来。

## 秀才有钱以后

读书人曾经穷酸，苦兮兮兼穷哈哈，近些年来政府有钱了，读书人跟着沾光，科研经费跟着暴涨。暴涨虽然暴涨，这一大笔又一大笔的科研经费，花起来并不容易。为限制科研经费的用途，政府为科研经费报销附加了种种限制，目的是想让好钢使在刀刃上，别胡花乱花糟蹋了银子。有的项目经费数额不仅可观简直壮观，实际上科研用不了那么多钱，但研究者谁肯吐出到了口的肥肉，把多余的科研经费退还给国家？想都别想。于是有人动开了歪脑筋，一是伪造材料、夸大事实，骗取科研经费；二是伪造研究支出，将科研经费用于他途或者转入私囊。有媒体报道：教育部通报了浙江大学、北京邮电大学、北京中医药大学和山东大学等4起贪污违规行为，有的涉案人还要接受司法调查，摊上刑事官司。看来读书人也是凡夫俗子，自然不乏见钱眼开者，要是没有严格的他制他律，也会腐化堕落。建议这些涉案教授：各自拿起一柄扫帚，躬身打扫一番，想想何谓“斯文扫地”以及为何“斯文者还不如扫地的”。

## 贫困县的奢华

过去有穿破裤子的慈善家，现在有穿金戴银的贫困县父母官。慈善家用的是自己赚来的银子，父母官花的是国家扶贫款。这一对比不禁让人目瞪口呆。过去听过一句近乎戏谑的话："再穷不能穷了领导"，多少事实验证这并非戏谑而是实况。想当初，有的贫困县被国家确定为贫困县，县太爷居然情不自禁地挂出大幅广告牌，对于本县名列贫困县表示热烈祝贺，获准贫困县的定位，不但不感到压力，不但不为之焦虑，不但不需要为脱贫殚精竭虑，不但不感到耻辱，反而心中大悦，举县同庆，真乃天下奇景。我们大概可以从一个贫困县花 8000 万元建县委会议中心中寻找到答案，据说该中心之奢华直追世博园中国馆。扶贫款就是这样买了盖头给县太爷们挣了面子，添上荣光。如此浪费公帑，这般明目张胆，究竟原因是什么？县太爷对于民瘼无知无感，漠不关心，对于国家专项资金的使用毫无敬畏之心，只关心自己的生活舒服，政绩单上有好看的一笔，是人出了问题，还是制度出了问题，不能不做严肃的追问。

## 破的不仅仅是桥上的大洞

本来应当平整的桥面上赫然出现一个大洞，这事经不起细想，细想起来会觉得有点诡异。其实，一点神秘感都没有。桥就是局部溃烂，像好的皮肤上出现的一个疮。不过，危险可比一个烂疮要严重得多。武汉白沙洲大桥汉阳引桥本是车水马龙，长 1 米、宽 30 厘米的洞不时有碎石落下，随时可能造成桥上的人来人往变成人来人亡。这桥的桥面怎么造成一个独眼桥，是成本不高致使质量不高吗？当然不是，这座桥花了 11 亿元修建，投资算是不菲了，建好之后却危机万状，想起来真叫人冷汗直流。2000 年启用该桥，大修二十四次，小修难计数，一座高悬河上的“豆腐渣”，不知当初是用什么材料建造，又是以什么质量标准衡量，怎么通过验收的？那么多的资金到底去了哪里，为什么一分钱没有对应上一分货？这些问题，需要当地有关部门一一作出严肃的回答。这座桥上的大洞，展现的是制度上的大洞，人心中的大洞。制度上的大洞，修补起来比桥上的大洞还难，桥上的大洞不妥善修补，人心中的大洞就难以愈合，江水的怒吼与人群的怒吼也许有一天会汇聚在一起，震耳欲聋。

## “见义勇为”要分年龄

许多事，单面的思考不仅缺乏智慧，而且漠视某些珍贵的价值。小学生赖宁奋不顾身见义勇为，一个幼小的生命失掉了，当我们把赖宁的故事讲给其他孩子听的时候，可能没有意识到，那些天真、单纯的孩子会以赖宁为榜样，不顾危险作出无谓的牺牲。如今，人们学会了立体思维，注意到让孩子失去自救意识的危害，明智的选择是将宣扬小英雄赖宁的调门放低一些。这好比一些国家在大厦着火的时候，消防员对于忙着救火的一般民众不惜以怒喝命令他们离开，对于没有防身救火知识的普通百姓来说，无情的烈火可能瞬间吞噬他们的生命，造成更惨烈的损失。对于成年人尚且如此，何况是孩子？当我们学会珍惜生命、热爱生命的时候，过去那种片面的思维才会饱吸了现代意识而变得立体起来。想想传统中国重视忠孝节烈，各处贞节牌坊建起来，人们忽视了一个又一个鲜活生命的死亡。当代类似的一幕不能再发生了，我们为新版中小学生守则删去“见义勇为，敢于斗争，对违反社会公德的行为要进行劝阻”等表述，点一个赞。

## 最牛的违建

这个社会总是不乏牛人，他们敢干我们想都不敢想的事，而且干成了，毫无间阻，他们有足够的理由傲视我们，一如北京紫竹院路人济山庄“最牛违建”以最傲慢的姿态傲视我们甚至傲视苍穹一样。凡事皆有因果，这么庞大的违章建筑，从施工到建成使用，绝非一日。但是，公权力却一直缺位，使得它一坨屎一般覆盖在多层建筑的顶层之上，无人闻问。直到媒体曝光，公权力才如同惊醒一般，扬起巨拳将其捣烂。这让我想到，渎职存在两种情况，一种是不该行使权力时却滥用权力；另一种是应当行使权力时却懈怠着不去行使。我们时常感到权力威风八面、无坚不摧，但是一到了某些牛人那里，权力怎么就变得绵软异常，强哉矫忽而变成一摊泥了？不过，事实终将证明，任何牛人都抵挡不住政府权力的牛气，人济山庄“最牛违建”终于拆除得只剩下垃圾。但是，违章建筑拆除之后，是不是该对权力不能及时阻止牛魔王一般人物大肆饕餮公共资源和严重损害他人利益的行为而有所检讨呢？

# 第七辑

# 瞄一眼文化万花筒

这些博人眼球的流行现象都带有一种『出格』的共性，是对『正经八百』的流行模式的叛离，这种叛离激起的是万众网民的狂欢。这些网民虽然人数多得吓人，但彼此看不见，构成万众的每个人都是电脑前的孤寂的灵魂，他们需要有『不一样』来刺激他们。

# 词义之外

随手拿起一本词典，只是要搜索其中一个或者几个词，弄清楚词义，有时了解一下读音，足矣。很少有人想到，一本发行广泛的辞典，竟可能收藏一个国家或者社会的政治、经济和文化等诸多现象，里面排在一起的词语，犹如一个点又一个点，统合起来再瞧，竟可能是一张图画，一张脸。将同一版本的词典作个对照，仔细玩味，还可能意外地寻索出一个国家或者社会的发展历程。

乔治·奥威尔的《1984》是一本描述极权社会的反乌托邦小说，里面提到大洋国的辞典里收录了不少新创的词汇，辞典的名字是“新语”（*Newspeak*）。在《新语》里，真理部（Ministry of Truth）称为“真部”（Minitrue），主要负责根据现实和宣传需要，改写历史文献，报纸和文学著作，特别重要的任务是制造“真理”。纪录司（Records Department）称为“纪司”（Recdep），负责对文献作出修改，以掩饰老大哥的预言错误，使其保持“一贯正确”。文学司（Fiction Department）称为“文司”（Ficdep），负责对“小说创作机”进行维护，并将古典名著译为“新语”;研究司(Research Department)称为“研司”(Resdep),负责编辑和出版《新语》,打算在2050年消灭“旧语”。研究司卓有成就的工作,是1984年已将《新语》出版到第十一版。在这个非常国度里,“战争即和平”,“自由即奴役”,“无知即力量”,词语的含义都发生了惊人的变化。

这本虚构小说的这段虚构情节,表明词典的编纂,和历史书一样,都是一个国家或者地区的政治观念、社会文化思想及其现象等的反映,词语虽然蚁聚,但不可等闲视之。

还是回到现实吧。我曾见有人留心收集晚清以来出版的各种英汉词典,试图从中发现语言的变化。我不知他最后有了哪些发现,但我想这种历史侦探式的语言研究,一定有斩获,并且兴趣盎然。施蛰存先生凭兴趣而为学术,大概就包括这种另辟蹊径——按照自己的趣味而找出一条不必眉头紧锁、整天苦瓜脸的颐和学术途径。

我虽无力效颦,但每次翻阅辞书,常常想到这个人,所谓“虽不能至,心向往之”;至于遇到法律词汇时,总要多瞄上一眼,算是一种法律人的职业习惯,想必同侪与我也都差不多。如今见有心人将发行海量的《现代汉语词典》里的法律词语一一摘出,将先后五种版本一一对照,不禁见猎心喜,击节称赏。

# 网络泡沫

如果不常上网，根本会听不懂、读不懂那些热门新词汇，如 2012 年流行的“逆袭”啦、“吐槽”啦、“表叔”啦、“十动，然拒”啦。在与别人交谈时，听到人们讲这些词汇却感觉雾煞煞，不明其意，说明已经是“奥特曼”(outman)——与时代脱节，需要打针吃药了。

无论是否意识到这一点，我们身处的世界在发生一些奇妙的变化。其中之一就是，不知从何时起，网络成为造词的新工场。这些初听起来有点稀奇古怪的词汇都是先在网络流行，随后成为社会带有戏谑色彩的流行语。有的政治词语的流行，并非来自网络，如一度几乎人人都说(尤其各级领导干部)的“与时俱进”，就是因为国家领导人使用这个词，一夜走红全国。不过，这样的流行词汇毕竟很稀罕。绝大多数流行情况是先在网上流行，随后主流媒体加以使用，遂致忽然暴红，如前些时候的“给力”就因《人民日报》用作标题，泛滥到几乎人人脱口而出的地步。

这些流行词汇都是新颖的，许多人刚刚结识，会好奇地了解下它们的含义。有的词或者流行句子的含义就是字面的意义，不难了解，如“躺着也中枪”即是。我最早结识“躺着也中枪”这个短语，是在网上读一位大陆女生谈在台湾读书的观感文章，当时便觉得这个短句有表达上的谐趣效果，那时还不晓得它已经在青年人当中流行开来，还以为是文章作者的神来之笔，后来才知道，这个短句大有来头，是青年人酷爱的周星驰电影作品中的妙语，作者竟是拾人牙慧了。不过，“躺着也中枪”是一个有趣的表达，即使人云亦云，也不失调侃的“笑果”。还有一些新词，如“逆袭”，不算太费解，台湾地区领导人选举时有一个词“逆转胜”与之近似，不用请人诠释，大致不会在理解上有差。近来网络流行的“表叔”一词，需要略加解释，大家也便会心领会，为之一笑了，这种新词机智但不算险僻。但也有一些词汇，要是不加以解释，就丈二和尚摸不着头脑了，如“吐槽”来自日语，这真是一个很有学问的词，要了解其确切含义和加以正确使用，不下点追索功夫硬是不行。

有的词汇，因网络其他表现形式而走红。如“江南 style”因鸟叔带有喜剧色彩的出位歌舞表演而走红网络世界。很难想象没有网络的时代，这样的表演能够如此风行世界，显而易见，网络成就了鸟叔，也成就了热门词汇“江南 style”。由“江南 style”又引出其他“style”句式，如“航母 style”，指的是一个动作：以半蹲为姿势，右手蜷缩伸出食指和中指，指向前端，代表“走你”的信号。

绝大部分网络热词和流行语为社会生活提供了不少乐趣，其流行体现了人们的幽默感。许多词语宛如网络世界的彩色泡沫，给人们的网络生活增添了色彩。在各种流行词语中，我最不喜欢的是“屌丝”和“苦逼”，这两个词使用的字眼给人的感觉颇不美好，将这两个词挂在嘴边，让人带些令人不愉快的流氓气。

我有时胡乱琢磨网络热词流行的原因，觉得这些词语的流行一如鸟叔“江南 style”的流行、龚琳娜那些“神曲”的流行以及芙蓉姐姐和凤姐的流行，这些博人眼球的流行现象都带有一种“出格”的共性，是对“正经八本”的流行模式的叛离，这种叛离激起的是万众网民的狂欢。这些网民虽然人数多到吓人，但彼此看不见，构成万众的每个人都是电脑前的孤寂的灵魂，他们需要有“不一样”来刺激他们。一个出格的形象、一个触动了人的笑神经的词语，就像一个擦着的火柴一样，引起网上快速流行。词语也好，人物也好，动作也好，事件也好，人们用一个简洁的词来形容这一现象就是：火了。

# 重读《皇帝的新装》

文章不拘长短。好的文章不必长，坏的文章未必短。

就拿政治学著作说吧，自古及今，谁敢曰不多？多，多到什么程度？只怕是“连篇累牍”“汗牛充栋”这类词根本无法描述它们那满坑满谷的状态。然而，读了多少鸿篇巨制之后，头脑晕晕乎乎，静静沉淀一会儿，才恍然感觉到最深刻入骨、睿智出神的政治学著作，还是安徒生那篇短短的童话《皇帝的新装》：两个骗子在织机上假装忙乎了许多时日，终于将一件子虚乌有的皇帝的新装“织”好了。他们早就放出风来说，这件衣服是一件魔衣，聪明的人才看得见，愚蠢的人是看不见的。皇帝、臣属乃至一般民众为了怕别人发现自己的“愚蠢”，都在假装欣赏、赞美皇帝那件根本不存在的美丽服装，他们不敢让人瞧出他们实在什么东西也没有看见：

> “对，我已经穿好了，”皇帝说，“这衣服合我的身么？”于是他又在镜子面前把身子转动了一下，因为他要叫大家看出他在认

真地欣赏他美丽的服装。那些将要托着后裾的内臣们，都把手在地上东摸西摸，好像他们真的在拾其后裾似的。他们开步走，手中托着空气——他们不敢让人瞧出他们实在什么东西也没有看见。

这么着，皇帝就在那个富丽的华盖下游行起来了。站在街上和窗子里的人都说："乖乖，皇上的新装真是漂亮！他上衣下面的后裾是多么美丽！衣服多么合身！"谁也不愿意让人知道自己看不见什么东西，因为这样就会暴露自己不称职，或是太愚蠢。皇帝所有的衣服从来没有得到这样普遍的称赞。

就在皇帝神气活现地在街上巡游展示他的新装时，一个可怕的事实被揭开了：

"可是他什么衣服也没有穿呀！"一个小孩子最后叫出声来。

"上帝哟，你听这个天真的声音！"爸爸说。于是大家把这孩子讲的话私自低声地传播开来。

"他并没有穿什么衣服！有一个小孩子说他并没有穿什么衣服呀！"

"他实在是没有穿什么衣服呀！"最后所有的老百姓都说。

皇帝有点儿发抖，因为他似乎觉得老百姓所讲的话是对的。不过他自己心里却这样想："我必须把这游行大典举行完毕。"

因此他摆出一副更骄傲的神气，他的内臣们跟在他后面走，手中托着一个并不存在的后裾。

这个童话，只当是一幕荒诞剧，或者一条茶余饭后的笑话，或者一个临睡前说给孩子解颐的故事，就如同猪八戒吃人参果，全不知道滋味，未免太暴殄天物了。它实在是太精辟、深刻的写给成人看的政治学著作。

仔细读《皇帝的新装》，人们可以读出不少政治现象、政治心理和政治规律，其中最简单、最透彻的道理莫过于这样一个：凡黑暗都怕阳光，凡邪恶都怕暴露，凡欲隐藏的都怕真话。因此，泯去黑暗须倾之以阳光，祛除邪恶须痛加揭露，对于花遮柳隐的假象须报之以真话。这就如同哈维尔定律揭示的那样："假如社会的支柱是在谎言中生活，那么在真话中生活必然是对它最根本的威胁。"这威胁便是，"真理的细胞逐渐浸透到充斥着谎言的生活的躯体之中，最终导致其土崩瓦解"。这不正是《皇帝的新装》要告诉我们的吗？

不过，说真话并不容易。巴金曾喃喃低语："说真话不应当是艰难的事情。我所谓真话不是指真理，也不是指正确

BY J. CHANG

的话。自己想什么就讲什么;自己怎么想就怎么说——这就是说真话。你有什么想法,有什么意见,讲出来让大家了解你。倘使意见相同,那就在一起作进一步的研究;倘使意见不同,就进行认真讨论,探求一个是非。这样做有什么不好!”好则好矣,但没有听真话的环境和那么一点天真的赤子之心,谁又肯直言不讳乎?只有无所畏惧、不怕嘲笑的人,才能对着光着身子的皇帝喊出这句惊世骇俗的真话:“他什么衣服也没有穿呀!”

没有赤子之心的人,组成的只是充满功利思想和世故观念的社会,在那样的社会,闭目塞听久了,人人变得耳不聪目不明,大家共守着浩无涯际的“死水”,浑浑噩噩,了此一生。

读《皇帝的新装》,感到欣慰的,是皇帝“有点儿发抖”,“摆出一副更骄傲的神气”,继续展示他那并不存在的新装,却没有下令立即扑灭小孩子的“无知妄说”,总算叫人长舒了一口气。

以天真童心看法律界,光怪陆离的现象也不少,值得大嚷大叫起来。不过,本人虽然敬慕那些敢于仗义执言的人,遇事却往往三缄其口,甚而至于噤若寒蝉,到头来“一围和气人争羡”,才悟到古训“不疾恶太过”“不直言自信”的妙处。

不过,世上只要有不穿裤子的皇帝,就有一针见脓的天真的童音,这是因为世上总有些人是不被蒙蔽的。看如今各种媒体上又尖锐又有见地的文章,铺天盖地而来。达摩所谓“不受人惑的人”,似乎越来越多，真是敬畏。谓予不信，有诗为证。龚自珍先生诗曰：

造物戏我久矣，
我今聊复戏之。
谁遣春光漏泄，
难瞒一介痴儿。

安徒生



BY J. CHANG

# 消费恐惧

自从潘多拉魔盒被打开以后，世界就不那么尽善尽美了。

恐怖文化，与其说是人的超凡想象凭空制造的邪恶，不如说是现实社会的邪恶在文化中直接或者曲折的反映。当我们了解现实生活中某些邪恶事实的真相时，会惊讶发现，真实的邪恶比虚拟的邪恶更触目惊心。许多网站、网页贴出的“无头尸”、解剖图等，是对真实世界的复制，它们之所以唤起恐惧的情感，是因为大多数人不像法医师一样，经常置身于尸体横陈的场景。

许多人愿意唤起自己的恐惧感，他们会认为，揭示邪恶，比让他们蒙在鼓里盲目相信世界是美好的要好得多。他们基于这一理由，消费着恐怖文化，乐此不疲。

正是人们对恐惧的需求，促成了恐怖文化的流行。在这种流行文化中，产生了希区柯克这样的电影大师以及斯蒂芬·金这样的畅销小说作家和《精神病患者》《闪灵》之类的电影杰作。美国学者罗伊·F.鲍迈斯特尔曾言：“恐怖影片长盛不衰，令人非常惊讶，事实上，几个学者已得出恐怖片是最为流行的片种这样的结论。”恐怖影片流行自有其原因，诸如制作成本低廉，也更容易达到预期目的(吓唬观众比逗笑他们更容易做到)。“公众中持续的愿意被邪恶形象所恐吓的狂热情绪，也是恐怖片大赚其钱的一个主要原因。”也就是说，邪恶的事物在大众娱乐形式中生存下来是因为人们愿意看到它们，它们的存在“表明了人们试图以特定方式理解邪恶的一种根深蒂固的倾向”。

也有不少人对于恐怖文化的流行，发出质疑和反对的声音。某些“恐怖文化”实际上只有恐怖而没有文化，它们引起大多数人的厌恶是不足为怪的。但以恐怖为题材的文学艺术作品也会一并受到激烈抨击，这缘由，乃如哈佛大学法学院德肖薇茨教授所言：“在人们的内心深处，每个人都希望对他不喜欢的东西进行检查控制。”他们的理由是，那些东西是有害的。然而，要确定某些材料是否有害并不容易，道理很简单，“没有一种客观地衡量什么是有害什么是无害的程度标准”。

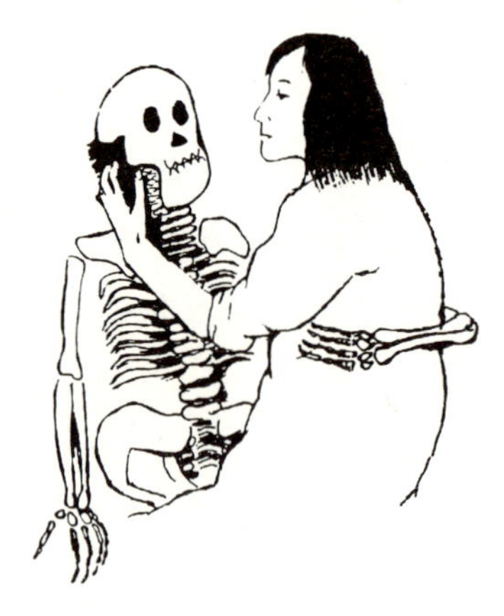

谁令我心动

人们的理性态度应当是，对于自己不喜欢的东西，学会宽容的态度；要对这些东西进行检查控制，必须有实质正当的理由。



BY J. CHANG

当然，宽容不是没有原则，对人的良心造成冲击、诽谤或者挑起仇恨的材料是不受法律保护的。恐怖文化的流行，与表达自由密切相关。表达自由（包括言论自由和出版自由等）是一项重要的个人自由，它不是绝对的，但要对它进行限制或者对行使表达自由的人加以惩罚，必须是表达的内容构成了“清晰的、现实的危险”。

恐怖文化的流行究竟对社会造成了什么样的影响，不是根据若干单薄的个案就能够断言的。恐怖小说作家斯蒂芬·金的《嘉丽》《照耀》等小说引起个别罪犯的仿效并不足以构成查禁的理由。人们在扼杀文化这类问题上犯过的愚蠢错误已经足够多了。典型的事例是，在清代，《红楼梦》曾被目为淫书，受到查禁。陈其元在《庸闲斋笔记》中曾云：丁雨生做江苏巡抚时，曾严行禁止《红楼梦》。那理由，无非是“淫书以《红楼梦》为最。盖描摹痴男女性情，其字面绝不露一‘淫’，令人目想神游，而意为之移，所谓大盗不操戈矛也”。陈其元还提到，杭州“有某商人女，明艳工诗，以酷嗜《红楼梦》致成瘵疾。当绵惙时，父母以是书遗祸，取投于火。女在床乃大哭曰：‘奈何烧杀我宝玉？’遂死。杭人传以为笑”。人们以该女子为例要求查禁《红楼梦》就未免太冤枉。殊不知，读过《红楼梦》的人不知凡几，然而死于耽读是书的人又有几人呢？

自由的真谛在于：让人们——当他们是成年人时——去自主选择，而不是为他们选择。

## 节日为失败者而设

为一个人创设一个节日，我所知道的有寒食节和端午节。寒食节因不言禄而遁入山林的介子推而设，现在已经不大有人还坚持这个节日，介子推拒绝应召而葬身火海的故事，快要被公众遗忘了。端午节仍然兴盛，多年前在贵阳街头，见许多人家门上悬有菖蒲，日子过得有点混混沌沌的我才忽然意识到端午节到了。后来在北方，没有见到过门上有挂菖蒲的情景，内心里竟有了一点诗意的落寞。

介子推和屈原都是失败者，寒食节和端午节都为失败者而设。介子推随晋文公流亡，回国后晋文公封赏，介子推不言禄，禄也不关照他，介子推乃与老母隐居深山，虽然后来晋文公意识到自己的疏失，想追加封赏，介子推辞而不受，最后竟烧死深山，成全了自己的气节，晋文公为旌己过，乃下令禁烟火，进寒食，此寒食节之所由来。寒食节纪念的是一个失败者，但却是一个有气节的失败者，介子推本来有机会过上锦衣玉食的富豪生活，却抱树焚身，这个失败是他在自由意志下自我选择的结果。屈原也是失败者，屈原的失败在政治领域，楚怀王昏庸，南后工谗，奸臣环绕，屈原的政见郁郁不得伸，一腔爱国忠君的志气不能舒展，反被流放，行吟泽畔，面容憔悴，颜色枯槁，最终遥闻郢都沦陷，自沉汨罗，失败得如此沉痛。尚有一点安慰的是，这个国家的节日不都是为胜利者而设，有的竟是为失败者而设。虽然失败，但失败者的气节却万古流芳。

不过，屈原在文学领域并不是失败者，他以异常优美的楚辞扬名后世。我读楚辞而疑惑，不知屈原之所以为屈原，除了其爱国之沉之外，是否也得益于他的诗作。如果没有《离骚》《天问》《九歌》等脍炙人口的名作，仅凭非常主旋律的爱国和忠君，屈原是否会有这么大的名气并为后世敬仰？屈原固是有气节之人，他的《橘颂》可谓自况之作，但这种"不与流俗"的气节，局限在向楚王竭知尽忠的鸟笼之内，不能突破这一藩篱而对昏君有所不恭，天下皆醉我独醒的感叹说到底亦不过是一句牢骚而已，屈原为后世景仰，其诗作或有助功。当然，在溷浊之世，不随波逐流，以正直独步世间，如此清醒、贞廉之士，能有几人？这样想来，屈原之受万世尊崇，其宜也矣。

我国有一种士人传统，屈原已经成为这一传统的组成部分，当属毫无疑义。我国文人多重气节，历史上数不清有多少人物像屈原一样以自己的行为诠释着气节的内涵。另一方面，我国固有之士人传统和文人气节，屡受当权者摧折，又岂独屈原为然！想专制乃至极权的历史，多少仁人志士被下狱，被诛杀，多少直言当权者不爱听的话的正直而刚烈之人，被迫害，被割喉，使中华民族的精神被压抑，被扭曲，掐指一算，何代无之？也非楚国独然。

士人传统和文人气节是啥，论者甚多，说起来不免有些抽象。记得20世纪80年代香港凤凰影业公司拍摄的影片《屈原》在内地上映，我坐在幽暗里，惊讶地看见鲍方扮演的“屈原大夫”自齐国还京，大踏步走进王宫，面见楚王，奕奕现于宽银幕，立即为其神采折服，所谓士人传统和文人气节也者，都形象化自然流淌在光影之中。自此事隔多年，仍然为屈原的风采气节所折服，鲍起静弹唱《橘颂》的优美旋律至今宛在耳边。后来听说此片拍成，在香港卖座不佳，不禁耿耿于怀。看近来香港电影人的商业烂片如武打版《画皮》居然大卖，还再接再厉拍出《画皮2》，真有瓦釜雷鸣之叹。

不过，这倒还不算什么。更重要的是，一个国家或者一个民族，以一个节日纪念一个失败者，那实际应有的意义不应淡忘。我们应当认识到这个节日纪念的是一个有气节的、受世人崇敬的失败者，认识到他之所以志不得伸而最终沦于失败的原因，这样才能接近这个节日应有的价值。如果这个节日的真正意义被遗忘，只剩下蘸着砂糖吃粽子，过不过这个节日又有何要紧？

自屈原之后，举世滔滔，多少文人！我忽发奇想，觉得在端午节的艾香之中，被目为文人者，以文人自居者，都该找个角落安坐一会儿，思忖一下文人应有的风骨，并且想一想郭沫若剧作《屈原》中那句有名的台词："你这个没有骨气的文人！"然后揽镜自鉴一番。方便的话，不妨再尝一口刚煮好的粽子，看到底能够消化也欤？

## 法学家的墓志铭

在各种文体中，原本最不讨喜的是墓志铭。墓碑是往生者的告示牌，告诉你曾经有过一个和你一样真实活着的人已经故去，提醒你死亡是无限循环小数，没有人能够逃避死亡。看墓碑和上面的文字，对于死亡会有一种怵惕之心，对于文体中的墓志铭，也有不快的联想。墓志铭这种文体适用范围窄于其他文体，通常都与某一个已故的人联系在一起，是高度个人化的，和日记差不多，尽管墓志铭与日记都可能成为公开的文字，为大家所知。

不过，时近清明，读了几则墓志铭，对于这种文体产生一点兴趣。因为，墓志铭很可以体现人生的趣味。

墓志铭有自拟与他人撰写两种。自拟的墓志铭是往生者的留言，内容如何取决于一个人的趣味情怀。他人撰写的，也是如此。但有一种墓志铭，是花钱请人撰写或者因与死者有特殊关系而为人撰写，不免谀墓，只好供安慰往生者及其亲族使用，其他人就不必奇文共欣赏了。除此以外，写得不好的固然也多(有的说不上好与坏，反正无法流传)，写得好的却也并不少见。陈寅恪为王国维撰写的纪念碑文就脍炙人口，其中"独立之精神，自由之思想"更成为当代思想界自我激励之词。

志者，叙述往生者的生平事迹。铭者，以精练之词总括往生者的一生或者提炼出某种人生感悟。法国小说家司汤达的墓志铭如此精练："米兰人亨利·贝尔安眠于此。他曾经生存、写作、恋爱。"人生有此六字足矣。杰弗逊的墓志铭据说出于自撰："美国《独立宣言》起草人、弗吉尼亚宗教自由法令的作者和弗吉尼亚大学之父。"听起来口气颇狂，细究倒是实事。伏尔泰墓碑上有这样一句话："诗人、历史学家、哲学家，他拓展了人类精神，并且使之懂得它应当是自由的。"话不多，评价一语中的。

法学家既卓然成家，自然不同于等闲之辈，虽然如此，却也没有长生不坏之身，到头来终有仙逝之日——此自然规律，一时还抗拒不得。法学家离世，世所哀伤，生者为之撰写墓志铭，也是常有的事。

沈家本逝世以后，王式通为其撰写《吴兴沈公子□墓志铭》，书法家郑沅为之挥笔书丹，追溯其生平，有"安顺公(沈丙莹)以忤时解官归，公才弱冠，即援例以郎中分刑部，公之学律自是始"之句，道沈家本学律之原因，但沈家本虽以律学为志业，并不自囿于此，终为中国近代第一大法学家，皆因"终其身于法律之学，然于他书无所不读"。王式通赞其"用律能与时变通也"。在那个中华法系独立发展的格局被打破的时代，这句话昭示沈家本乃开明之士，与同时代掌握权力却保持着榆木脑袋的许多高官显宦不同。

伍廷芳是与沈家本同时代的法学家。伍廷芳逝世，孙中山为其写下千言墓志铭云："知公弥深，敬公弥笃，谨揭其生平志事关系国家之大者，以告天下后世，俾知所楷模焉。"中山大学孙中山研究所原首席教授段云章说："孙中山为人题写'××之墓'的墓碑已很少，像为伍廷芳亲自写千字以上的长篇墓志铭就更为罕见。"据说广州越秀山中山纪念碑东侧，便立着由孙中山先生撰文、谭延闿书写的《伍廷芳墓表》白色大理石碑。不过，伍廷芳为孙中山所敬重，主要是其政治之功而非法律之缘，这是显而易见的。

更早的，有宋慈的墓志铭，乃南宋刘克庄所撰。在这篇题为《宋经略墓志铭》一文中，赞其"以才业奋历中外，当事任，立勋绩，名为世卿者垂二十载，声望与辛王二公相颉颃焉"。文中言及宋慈处理狱讼，听讼清明，决事刚果，雪冤禁暴，大有成就，与其《洗冤集录》著者的身份十分契合，只不过刘克庄显然意识不到《洗冤集录》乃世上第一部法医学之价值，空耗许多笔墨在轰轰烈烈的战事功业上，没有多余的笔墨记述《洗冤集录》之成书与流传，真是可叹。

更可叹的是，世上法学家为数不少，其墓志铭却很少流传，如今容易找得到的不多。法国大革命的领袖罗伯斯庇尔著有《革命法制和审判》，他在 1793 年至 1794 年期间发表大量论文和演说，其中 23

篇辑成此书，他本人出身于律师家庭，大学毕业后从事检察工作，也当过律师，《革命法制和审判》记述其不少法律主张，罗伯斯庇尔可被视为法学家矣。不过，其掌权时为处死路易十六而为议员紧急洗脑，又采用恐怖政策，组建革命法庭，杀人如麻，最后自己也被送上断头台，其生也可叹，其死也可哀。革命以自由的名义杀人，又以民主的名义枉法，庆父不死，鲁难未已。难怪罗伯斯庇尔死后，有人为其撰写墓志铭："过往的人啊！不要为我的死悲伤，如果我活着，你们谁也活不了！"罗伯斯庇尔作为历史上的鲜明形象，主要还在于政治而非法律，他以政治任务而不是法律学家而被后人品头论足。

有些名家虽然与法有关，但平生贡献，却不在法学，如培根，不但不以法学鸣于世，反而生前被指控受贿而身陷囹圄。培根死后，亨利・沃登爵士为他题写墓志铭："圣奥尔本斯子爵，如用更煊赫的头衔应称之为'科学之光''法律之舌'。"但其法学贡献何在，恐怕不易娓娓道来。同样，英国启蒙思想家约翰・洛克的政治思想对于法律发展贡献卓著，但洛克志在政治启蒙而不是寻求在法律上有所建树。他主张政府只有取得被统治者的同意并且保障人民的生命、自由和财产的自然权利，其统治才获得正当性；他指出只有取得被统治者的同意，社会契约才会成立，缺乏这种同意，人民便有权推翻政府，结束暴政。这在当时自然属于"惊世骇俗"，其墓志铭这样写道："停下你的脚步阿，路人！躺在这里的就是约翰・洛克。如果你想问他是怎么样的一个人，他会说他是一个以自己的小财产过着满足生活的人。身为一个学者，他以追求真相为他学习的唯一目标，你可以在他的著作里发现这点，任何有关他的事物都写在他的著作里了，也都比本墓志铭对他的赞美还要真实。确实，他的美德，并不足以让他自己提出来炫耀，也不足以拿来给你作为典范。让他犯下的邪恶随着尘土掩埋吧。如果你要寻求做人的典范，去从圣经里找寻吧；如果你要寻找邪恶的典范，希望你不会找到它；如果你要寻找死人（如果这能够帮助你的话），你在这里就可以找到一个，也可以在任何其他地方找到。"

大概是因为法学多少有些枯燥，非法界人士很少沉迷其中，法学家在全社会而不仅是法律领域熠熠生辉的也寥若晨星，而且法学家的墓志铭也不大像文学艺术家那样有一丝丝掩不住的艺术气息，引得人们津津乐道，因此真正法学家的墓志铭往往湮没无闻。不过，法学家毕生为自由、民主、法治和人权而努力，其有益于社会、有功于民众，自当为世人敬仰，我国法学家韩德培墓碑所刻："法学泰斗，一代宗师；德厚流光，昭华千古。"这种墓志铭，不但铭刻在墓碑上，也铭刻在人心中。

在时近清明的怀念气氛里，我真想读到更多已故法学家的墓志铭，我猜想那汇总起来一定洋溢着法治的精神，贯穿着民主与自由的信息。从这些墓志铭里，也许能够感受到昔日法学家曾经有过的脉动。

# 人生最后一次调皮

在不冷不热的天气，夕阳残照，微风里或许有一种草香。或者，雨后的天气也好，上午或者下午，湿湿的泥土上沾着素洁的花瓣，一种陶醉在呼吸里清新。这时候，如果在墓园，可以静下心来，看看墓碑上的文字，如果恰巧有写得隽永的墓志铭，真好。

康德的墓志铭出自他著作中的名句："位于我上者，群星之天空；存于我心者，道德之法则。"美国科学家富兰克林的墓碑上刻着："印刷工富兰克林"，实在无法再低调了，而且显示出不忘其出身的情怀。

不少名家墓碑，将其一生最伟大的贡献铭刻在上面，如古希腊数学家阿基米德的墓碑上刻着："球内切于圆柱的图形，以纪念他发现球的体积和表面积均为其外切圆柱体积和表面积的三分之二这条著名的几何学原理。"德国数学家鲁道夫将圆周率计算到小数点后 35 位，是 16 世纪世界上最精确的圆周率数值。他的墓碑上刻着："π=3.14159265358979323846264338327950288"。牛顿的墓志铭这样说："他几乎神一般的思维力，最先说明了行星的运动和图像、彗星的轨道和大海的潮汐。"俄国思想家赫尔岑的墓志铭是这样的："他的母亲路易莎·哈格和他的幼子柯立亚，乘船遇难淹死在海里；他的夫人娜塔利雅患结核症逝世；他的十七岁女儿丽莎自杀死去，他的一对三岁的双生儿子患白喉死亡。而他就只活了五十八岁！但是苦难不能把一个人白白毁掉。他留下三十卷文集，留下许多至今像火一样燃烧的文章，它们今天还鼓舞着人们前进。"这些墓志铭，读来让人肃然起敬。

如同中国古代文人连判牍都可以写得像典雅的文字小品，一些人写的墓志铭，真是言短意赅，颇耐咀嚼。几位诗人的墓志铭隽永如诗，如诗人济慈的墓碑上刻着这样一行字："Here lies one whose name was written in water."意思是"这儿长眠着一个人，他的名字是用水写的"。也有人译为"此地长眠者，声名水上书"。要品咂这"名字是用水写的"，需要有点慧心。诗人雪莱的墓志铭是莎士比亚《暴风雪》中的诗句："他并没有消失什么，不过感受了一次海水的变幻，成了富丽珍奇的瑰宝。"这说的是诗人诗心，也是诗。诗人叶慈的墓志铭是他去世前夕写的一首诗的最后十七个字："对人生，对死亡，给予冷然之一瞥，骑士驰过。"骑士驰过乃用典故，时光如白驹过隙，死亡是一死灰白色的马，看淡的人才能做到冷然一瞥，多数恐怕都会感慨生哀。

在各种值得一读的墓志铭中，让人难忘的是那些富于幽默感的墓志铭，如古希腊另一位数学家刁藩都的墓碑上是这样写的："过路人，这里埋葬着刁藩都的骨灰，下面的数字可以告诉你，他的一生有多长。他生命的六分之一是愉快的童年。在他生命的十二分之一，他的面颊上长了细细的胡须。如此，又过了一生的七分之一，他结了婚。婚后五年，他获得了第一个孩子，感到很幸福。可是命运给这个孩子在世界上的光辉灿烂的生命，只有他父亲的一半。自从儿子死后，他在深切的悲痛中活了四年，也结束了尘世的生涯。"萧伯纳生前以幽默著称，他的墓志铭也不失幽默，是这样写的："我早就知道无论我活多久，这种事情还是一定会发生。"启功先生生前自撰的墓志铭也富有幽默感："中学生，副教授。博不精，专不透。名虽扬，实不够。高不成，低不就。瘫趋左，派曾右。面微圆，皮欠厚。妻已亡，并无后。丧犹新，病照旧。六十六，非不寿。八宝山，渐相凑。计平生，谥曰陋。身与名，一齐臭。"墓志铭写成这样，死亡也可变为喜剧。人生之乐观豁达，自此始矣。如今启功先生已经仙去，不知这墓志铭有没有铭刻。

以幽默方式撰写墓志铭，表现了对于死亡的淡然，带给在世的人一种顺其自然、开朗达观的人生态度。这种墓志铭，读了让人会心微笑，正是往生者留给人世的最后一次调皮——人生尽管严肃，有时甚至艰困，谁能阻挡那些认真活过但又不失童心的人最后一个玩笑？

我们读得多的墓志铭，墓主都是有名有姓甚至声名显赫的，但也有一些以墓志铭形式存在的幽默小品，颇可发一噱，如外国有一则搞笑的“墓志铭”：“约翰欲知油罐车里是否有油，引烛窥之。有。享年三十二岁。”我国古人也撰有一个幽默的“墓志铭”，如这则：“初从文，三年不中；后习武，校场发矢，中鼓吏，逐之出；遂学医，有所成，自撰一良方，服之，卒。”活脱脱刻画了一个可怜复可笑的庸医形象。

游戏笔墨，看着好玩儿而已。

# 人间万户仰头看

好大一台晚会！

开场照例是人头攒动、肢体纷乱、衣装耀眼、彩灯迷离、音乐欢快，着意塑造着欢天喜地的气氛。刻意追求情绪饱满的男女主持人随之出场，大声道贺，然后是一个个热闹但没有给人留下多少印象的节目轮番搬演，一波又一波地动员欢乐，间或又有倪萍（最近有朱军接力）煽动悲情。每隔一段时间就会有主持人喜气洋洋地宣读来自天南地北的贺电……

每年一次的春节联欢晚会越来越像“鸡肋”，没有它春节可能会变得乏味难耐，可有了它又觉得坐在电视机前的几个小时实在不值得。晚会播完，品头论足者的共识是：“今年的晚会不怎么样，这几年都没什么看头。”

春节晚会表面的热闹掩盖不足它骨子里的苍白。人们的观赏水准在不断提高，对晚会的期待值也居高不下，但春节晚会的编导者似乎头脑早被若干年前成功过的经验降住，再也要不出新花样。一场晚会下来，总感觉这一年的晚会与去年前年大前年的相似，按这定型了的晚会模式揣测，它也将与明年后年大后年的雷同。

不说节目编排每年差不多，总要面面俱到地照顾到，要有戏迷喜欢的戏曲，要有儿童喜欢看的音乐剧或者儿童歌舞，要有流行歌曲，还要有怀旧歌曲，有相声，有小品，既要洋溢喜庆，又要积极向上。就是各种节目也都面貌相似，相声越来越像杂耍，小品已经演成公益广告。

岁岁年年花相似，年年岁岁人亦同。大部分演员还是去年前年大前年那些演员，按那劲头，明年后年大后年也还是他们。一年又一年在电视上露脸，早就暴露出他们捉襟见肘，力不从心。这尤以小品演员的表演最为突出。除了赵本山长时间宝刀不老，曾经多年给人带来惊喜外，其他演员如黄宏、郭达、巩汉林之类，节目质量水得令人同情。虽然节目不行，人还是照样常年来。

春节文艺晚会已经成了被垄断的资源，中央电视台和到电视上露脸的演员、电讯部门都成了受益者，为了成为受益人，多少演员挖空心思想要挤进晚会露一露脸。这让人思考：文艺节目和演员的遴选是否有足够的开放性？

春节文艺晚会似乎久为一些演员占据着，许多年来，似乎没有多少文艺后备人才被挖掘出来，没有有锐气的文艺“新人”（他们中有的可能已经在民间磨炼多年），哪里会有耳目一新、令人激赏的节目！

以中国之大，中央电视台的编导执策而临之，是真无马耶，是真不知马耶？

每年都有电视人感觉颇为良好地说：春节文艺晚会已经成为人民过年不可缺少的一顿大餐。殊不知，如果人民过年的高质量的大餐能够多几道（中央电视台自己的几道，除春节文艺晚会以外的两道因为不是综合文艺，根本无法与“春晚”抗衡），形成各电视台的竞争而不是地方台都为中央台让路，让观众有更多的选择，是否更值得夸耀？笔者甚至忽发异想，能否在中央电视台外，再建一个国家级的电视台形成竞争之势，以打破大众传媒按行政级别设置的旧模式呢？

毕竟，数亿人口在除夕之夜共同仰看同一台晚会，岂不正是文化生活贫乏的象征？

# 冯氏“春晚”的风光碉楼

近年来对于央视“春晚”意兴阑珊。高度模式化的节目安排，老套的节目内容，一年年重复出现的星光早已黯淡的演员那几张老脸，让许多人在电视屏幕面前打不起精神——近日有人晒出“春晚”播出时几个家庭睡得东倒西歪的情景，颇能引起共鸣。由于演员常是那么一些春晚钉子户，节目又似曾相识，把除夕夜当成炮制系列演出的黄金时段。马年“春晚”播出同时央视二套同步重播蛇年春晚，不少人看了很久才忽然发现看错了节目，闹了一场乌龙。地方台的“春晚”又如何？那同样让人兴趣索然。地方台的“春晚”不过是央视“春晚”的复制品，一招一式都在模仿央视，仅凭这一点就让人觉得无趣。可以说，每年除夕夜的春晚像是一份豪华“鸡肋”，弃之固然可惜，食之索然寡味。

忽然，马年央视“春晚”挑起了不少人的兴趣，著名电影导演冯小刚担纲起这台春晚的总导演，人们期望他给央视“春晚”带来一些变化，让电视机前的亿万观众精神振作一下。然而到了除夕，一路看下来，大家都不免大失所望。除了开始时几段公益广告式的“春晚是什么”采访视频（这一套在各大学毕业演出中已经用得滥俗）、张国立担任主持人和芭蕾舞剧《红色娘子军》片段、歌曲《万泉河水》和《英雄赞歌》带有冯小刚的个人色彩之外，这台晚会不过是这些年晚会的再一次克隆产品：开场照例在着意塑造着欢天喜地的气氛。男女主持人大声道贺，强作幽默却毫无笑果的串场冗余地粘连一个又一个热闹但没有给人留下多少印象的节目，适时进行国情、道德和意识形态教育。看过之后，觉得这台晚会是否冯小刚执导差别不大，何必邀这位电影事业正在走下坡路的电影人来充门面？（他此前导演的《私人定制》就让人有江郎才尽的观感。）

马年“春晚”还在播出中，围绕芭蕾舞剧《红色娘子军》的讨论就已经热闹开场，左右为此褒贬不一，随后成为今年央视“春晚”争议最大的话题。冯小刚推出娘子军的片刀大腿舞，与他的年龄和大院情结有直接关系。这一代人怀旧思绪中多少有一种“文革”情愫，正好借20世纪五六十年代生人的青春回忆之名来自我满足一下。奇异的是，不知是否由冯小刚所带动，北京电视台大年初一晚上播出的春节晚会也上演了一段芭蕾舞剧《红色娘子军》，平心而论，北京电视台这台晚会的不少节目比央视“春晚”精彩得多，但这台芭蕾舞却是追随央视亦步亦趋的活注脚。辽宁电视台也不落人后，还将《沙家浜》中“智斗”一段在春节晚会中隆重展演出了一回。

芭蕾舞剧《红色娘子军》在春节晚会上的演出引起激烈争论，这是江青当年倾注心血进行指导并大力推出的八台样板戏之一，联系陈小鲁、宋彬彬就"文革"中的作为公开道歉，许多人的内心五味杂陈。巴金《随想录》谈到"样板戏"，有这样一段话："好些年不听'样板戏'，我好像也忘了它们。可是春节期间意外地听见人清唱'样板戏'，不止是一段两段，我有一种毛骨悚然的感觉。我接连做了几天的噩梦，这种梦在某一个时期我非常熟悉，它同'样板戏'似乎有密切的关系。对我来说这两者是连在一起的。我怕噩梦，因此我也怕'样板戏'。现在我才知道'样板戏'在我的心上烙下的火印是抹不掉的。从烙印上产生了一个一个的噩梦。"巴金还说："当然对'样板戏'各人有各人的看法。似乎并没有人禁止过这些戏的上演。不论是演员或者是听众，你喜欢唱几句，你有你的自由。但是我也要提高警惕，也许是我的过虑，我真害怕一九六六年的惨剧重上舞台。时光流逝得真快，二十年过去了。'过了二十年又是一个……'阿Q的话我们不能轻易忘记啊！"这番话说得恳切，也很沉重。冯小刚在"文革"中当然活得意气风发，没有在心灵上留下创伤，但许多"文革"的受害者还健在，冯总导演在安排这个节目的时候，不知是否考虑过他们的感受？

不仅如此，后来发现，将芭蕾舞剧《红色娘子军》归因于冯小刚的怀旧心理竟可能将问题简单化了。新浪认证微博"蓝鲸财经记者工作平台”在1月31日刊出文章《春晚被疑沦为华谊利益输送大平台》披露：冯小刚在去年投资了海南旅游业，成立了一家名为“海南观澜湖华谊冯小刚文化旅游实业有限公司”的机构，该公司由华谊实景娱乐与观澜湖公司和冯小刚工作室共同投资设立。冯小刚导演的《私人定制》就选择在海南摄制；冯小刚总导演马年“春晚”推出芭蕾舞《红色娘子军》片段和歌曲《万泉河水》岂非海南的免费黄金广告？

更为显在的是，央视马年“春晚”的一些演员与总导演冯小刚及其所属华谊公司大有渊源，专门请来亮相的韩国明星李敏镐与冯小刚做大股东的华谊兄弟公司也有合作关系。人们得知这一情况，纷纷质疑冯小刚利用“春晚”向华谊公司进行“利益输送”和为自己爆敛红利，许多人吐槽春晚成了冯小刚的“私人定制”。清华大学教授肖鹰进一步指出，“华谊兄弟集团公关部负责人曹赫、华谊兄弟电影事业部营销副总杨珺的回应，是罔顾事实的自欺欺人之说”，他要求有关部门进行追责。

对冯小刚的质疑本身是值得肯定的，道理很简单：行使公共权力的行为（包括冯小刚受委托行使公共权力的行为）都是可以质疑的。冯小刚的做法是否涉及“利益输送”，要看“利益输送”的概念是如何界定的。这一概念既有某些特定领域如股票行业、招投标领域的严格定义，也有一般广泛意义上的理解，如“泛指政治人物利用其职权的影响力，以绑标或其他非法手段，将公共财产搬予私人”。对于冯小刚涉嫌利用春晚总导演身份假公济私、以权谋私，为华谊公司利益服务的行为，有人称之为“利益输送”，指称的对象相当明确，大家都明白这里的“利益输送”是怎么回事。人们质疑的情况如果属实，就超越了组织演出的正常界限和人们可接受的限度，冯小刚就玷污了公共角色，败坏了央视“春晚”导演行为的公共性质，使得“春晚”带上了某家公司私家堂会的性质。冯小刚和华谊公司早该懂得利益规避，应该规避而没有规避的，有关部门有责任对这些事实展开调查，依据有关规定确定责任并加以追究。

央视马年“春晚”是冯小刚的风光碉楼，只怕是一攻而破、禁不起严格检视的纸碉楼。如今这一座风光碉楼在舆论中已经坍塌，有关部门要不要给这个碉楼的主人和公众一个说法呢？